玄鸟文丛

王子今 主编

平坡遵道续集

李华瑞 著

中州古籍出版社
·郑州·

图书在版编目(CIP)数据

平坡遵道续集 / 李华瑞著 . —郑州：中州古籍出版社，2024.10

（玄鸟文丛）

ISBN 978-7-5738-1094-6

Ⅰ.①平… Ⅱ.①李… Ⅲ.①随笔–作品集–中国–当代 Ⅳ.①I267.1

中国国家版本馆 CIP 数据核字（2023）第 237343 号

PINGPO ZUNDAO XUJI
平坡遵道续集

出 版 人	许绍山
策划编辑	郑　雄　闵世勇
责任编辑	宗增芳
责任校对	唐志辉
装帧设计	曾晶晶
出 版 社	中州古籍出版社（地址：郑州市郑东新区祥盛街27号6层　邮编：450016　电话：0371-65788693）
发行单位	河南省新华书店发行集团有限公司
承印单位	河南印之星印务有限公司
开　　本	787 mm × 1092 mm　1/32
印　　张	10.125
字　　数	168千字
版　　次	2024年10月第1版
印　　次	2024年10月第1次印刷
定　　价	42.00元

本书如有印装质量问题，请联系出版社调换。

总 序

"玄鸟文丛"收入王仁湘《月西日东》、吕宗力《诸神在人间》、王子今《沧海大风》、陈文豪《庸儒斋随笔》、汤惠生《思想的形状》、李华瑞《平坡遵道续集》、朝戈金《雪地走橐驼》共7种随笔集。

"玄鸟文丛"的这几位作者都是考古学、中国史、民俗学、文学等学术领域学有优长,做出过一些学术贡献的学人。大多声名响亮,是名震一方甚至享誉海内外的学术领袖。但是这组作品的基本品质和主要内容，并不是非常严肃的学术论说，其学思往往溢于专业框架之外，因而多有自然、生动、新鲜的气息。但是所有的文字，又都是作者在自己学业基础之上的精心创作，往往在轻松的风格后面，透现出雄厚的学理基底。通过从容的叙说，读者应当也可以体会到深沉的思想脉动。

"玄鸟文丛"定名，由自中州古籍出版社出版人的建议。在上古神话传说中，"玄鸟"是沟通天与地，联系自然与人文的飞动的精灵。据说少皞部族联盟"纪于鸟，为鸟师而鸟名"。"玄鸟氏，司分者也。"玄鸟执掌着最重要的春秋季节转换。杜预《春秋经传集解》："玄鸟，燕也。以春分来，秋分去。"《诗·商颂·玄鸟》说："天命玄鸟，降而生商，宅殷土芒芒。"《史记》卷一三《三代世表》曰："诗人美而颂之曰'殷社芒芒，天命玄鸟，降而生商'。"《焦氏易林》卷九《晋·剥》言："天命玄鸟，下生大商。"其说由来于商人先祖"契"的生母简狄吞玄鸟卵怀孕的传说。《史记》卷三《殷本纪》说："三人行浴，见玄鸟堕其卵，简狄取吞之，因孕生契。"司马贞《索隐》引谯周云："（契）其母娀氏女，与宗妇三人浴于川，玄鸟遗卵，简狄吞之。"裴骃《集解》："《礼纬》曰：'祖以玄鸟生子也。'"而《史记》卷五《秦本纪》记载，另一影响历史走向的族群有关先祖的神话中，也有"玄鸟生子"情节："女修织，玄鸟陨卵，女修吞之，生子大业。"神秘的生命接续神话，将社会文明与"玄鸟"的轻羽联系起来，借助神翼实现腾飞。王褒《九怀·蓄英》言："玄鸟兮辞归，飞翔兮灵丘。"王逸注："悲鸣神山，奋羽翼也。"[1]汉人的"玄鸟"咏叹，似乎表达了特殊的文化感觉。"玄鸟"的飞翔与鸣叫，可能是丛书设计者的初衷。

近年"随笔"受到书界关注，"随笔"作为文体，其实有悠久的传统。放宽眼界来看，古来学者的许多"笔记""札记"，与今人所称"随笔"多有共性。近代思想家鲁迅的许多杂文，大略也可以归入通常所谓"随笔"一类。不过鲁迅似不用"随笔"之称。他的一些文章题名"随感录"，关心"随笔"文体史的学者，也许应当有所注意。鲁迅有作于1918年的《随感录二十五》《随感录三十三》《随感录三十五

---

[1] 洪兴祖. 楚辞补注[M]. 北京：中华书局，1983：275.

至三十八》，作于1919年的《随感录三十九至四十三》《随感录四十六至四十九》《随感录五十三至五十四》，以及《随感录五十六至五十九》《随感录六十一至六十六》，都编在《热风》中，收入《鲁迅全集》第1卷。另有《随感录》《随感录二十五》，收入《鲁迅全集》第8卷。据注释，收入第1卷者"据手稿编入，当作于1918年4月至1919年4月间"，收入第8卷者"最初发表于1919年4月30日《每周评论》第十五号'随感录'栏。原无标题，每则文后均署庚言"[1]。鲁迅的《随感录》，有的有标题，多数则只有标号。鲁迅题《随感录》的文章，其中多有现今人常称为"金句"者，许多言辞透露出历史的真知。比如："不满是向上的车轮，能够载着不自满的人类，向人道前进。""多有不自满的人的种族，永远前进，永远有希望。""多有只知责人不知反省的人的种族，祸哉祸哉！"[2]

---

[1] 鲁迅. 鲁迅全集：第8卷[M]. 北京：人民文学出版社，2005：106～107.
[2] 鲁迅. 随感录六十一　不满[M]//鲁迅. 鲁迅全集：第1卷. 北京：人民文学出版社，2005：376.

对于我稍微熟悉一些的秦汉史,这样的议论不妨在这里引录:"古时候,秦始皇帝很阔气,刘邦和项羽都看见了;邦说,'嗟乎!大丈夫当如此也!'羽说,'彼可取而代也!'羽要'取'什么呢?便是取邦所说的'如此'。'如此'的程度,虽有不同,可是谁也想取;被取的是'彼',取的是'丈夫'。所有'彼'与'丈夫'的心中,便都是这'圣武'的产生所,受纳所。"鲁迅说,"如此"以及"如此"之后,有三个层次的"算最高理想的表现":1."纯粹兽性方面的欲望的满足——威福,子女,玉帛";2.面对"死",于是"求神仙";3."造坟,来保存死尸,想用自己的尸体,永远占据着一块地面"。鲁迅三次用同样的语句强调:"我怕现在的人,也还被这理想支配着。"他还写道:"现在的外来思想,无论如何,总不免有些自由平等的气息,互助共存的气息,在我们这单有'我',单想'取彼',单要由我喝尽了一切空间时间的酒的思想界上,实没有插足的余地。"鲁迅所说的"现在"和我们今天面对的"现在",已经相差104年。但是我们知道,他指出的"纯粹兽性方面的欲望的满足"以及其他层次的"理想",依然"支配着""很阔气"

的"现在的人"。

在言及"秦始皇帝很阔气"之说的前面一段话,鲁迅论"圣武",也可以给我们有意义的启示。他写道:"几位读者怕要生气,说:'中国时常有将性命去殉他主义的人,中华民国以来,也因为主义上死了多少烈士,你何以一笔抹杀?吓!'这话也是真的。我们从旧的外来思想说罢,六朝的确有许多焚身的和尚,唐朝也有过砍下臂膊布施无赖的和尚;从新的说罢,自然也有过几个人的。然而与中国历史,仍不相干。因为历史结帐,不能像数学一般精密,写下许多小数,却只能学粗人算帐的四舍五入法门,记一笔整数。"他说:"中国历史的整数里面,实在没有什么思想主义在内。这整数只是两种物质,——是刀与火……""'刀与火'也触目,我们也可以别想花样,奉献一个谥法,称作'圣武',便好看了。"[1]

鲁迅熟悉"中国历史",尤其善于进行历史的透视,历史的总结,历史的理解和说明,也就是"历史结帐"。他的许多历史分析,是专门的史学工作者的榜样。

---

[1] 鲁迅. 随感录五十九 "圣武"[M]// 鲁迅. 鲁迅全集:第1卷. 北京:人民文学出版社,2005:371~373.

"玄鸟文丛"的作者们，应当都是赞同鲁迅的意见，也愿意探知和说明"中国历史的整数"的。"玄鸟文丛"中的文字，有些可以体现这样的努力。

匆匆以此短序回复出版社的要求，言略意长，但是没有经过深沉思考，希望不至于对不起这套"玄鸟文丛"，不至于辱没了其他6位好友。

承中州古籍出版社认真编校、正式推出，谨此代表作者表示感谢。至于读者是怎样的态度，是表扬赞许还是冷漠视之，或者批评鄙视，当然要待发行之后再注意倾听。

王子今

2024年10月于北京

自序

很感谢中州古籍出版社出版《平坡遵道续集》,也感谢王子今老兄的推荐。数天前收到《平坡遵道续集》的样稿,小芒编辑督促校稿的同时说需要增补一篇书稿自序。为写自序重新将续集所收文章读一遍,由此想到四库馆臣在评议自汉至清初治经学术特点时,说汉代"其学笃实谨严,及其弊也拘",说宋代"其学务别是非,及其弊也悍",说明代中后期"其学各抒心得，及其弊也肆"。我知道自己的文章绝没有达到四库馆臣对汉、宋、明时代学术的那种褒扬，但是"其弊"却有几分相像，即"笃实谨严"不足，拘谨有余，"务别是非"不足，急悍有余，"各抒心得"不足，而恣肆有余。

这本续集依然想承第一部组稿时要求的随笔、杂文风格，但是重新读过，深感文章距语言灵动、婉而多讽、随手笔录、随意随时的写作形式还是有一定差距，这大致就是拘谨有余的表现。为纪念王安石1000周年诞辰前后发表的三篇文章，颇有点"务别是非"的意味，但在"务别"之时，总有点急悍有余的表现。不过在讨论王安石及其变法的问题上，由于自南宋以后至晚清历史文献所载所论的颠倒史实太过于苛重，要辨别是非，非要有一些急悍才可以。

两篇讲演稿都是当时讲演的录音稿，可以说偏离了原文字稿的拘谨，是否有了恣肆的特点，可听读者的判断。"宋史管见"部分所收五篇文章，《〈金宋史论丛〉读后》《宋代思想史的新诠释》两篇均作于十多年前，在评论陈学霖先生关于女真族文化与汉族文明的碰撞与融合时，我写的这段文字，即"在这里陈先生从文化史观的角度论证和揭示了落后民族在进入发达文明地区后,必然要不同程度地接受先进民族的统治形式和文化习俗这一基本的历史规律。陈先生虽不是马克思主义史学家,但他所揭示的历史真相和意义与马克思所论证的'野蛮的征服者总是被那些他们所征服的民族的较高文明所征服,这是一条永恒的历史规律',殊途同归",就没有得到陈先生的认同。这大抵是恣肆的又一个表现。另三篇是典型的"各抒心得""其弊也肆",但这种"肆"在突破学界固守陈规和打破旧格局时倒不算是贬义,甚至是必要的。

"师友杂忆"部分所收的文章大致最符合随笔、杂文风格,也是我对漆侠师、田昌五、朱雷先生的深切怀念和真实情感的流露。今年2月1日,是我66岁的生日,忽然想起生我养我的母亲,于是找出2015年7月写的《回忆母亲》发给小芒编辑,那是为纪念母亲逝世十周年所作。时光荏苒,一转眼又一个十年就要过去,感谢小芒编辑阅稿后的肺腑之言:"读了您对母亲的回忆,感动不已,也跟着您回到了平坡,回到了遵道,回到了您治学的起点。您的两部随笔集名为《平坡遵道集》和《平坡遵道续集》,它们或许不仅寄托了您对家乡的牵挂，更饱含着您对母亲的怀念。"

作者于 2024 年 2 月 3 日

目录

纪念王安石诞辰 1000 年

为民谋利，心系苍生的改革家：王安石————003

王安石变法失败了吗？
——为王安石及其变法正名————011

王安石变法的目的是"富民"还是"济民"？————020

讲演稿

宋代经济的发展及历史地位————037

崖山之后宋朝历史书写的演变————071

师友杂忆

漆侠师塑像落成揭幕仪式上的发言————145

大家风范
　　——漆侠先生与他的历史研究———150
追忆田昌五先生———167
我所认识的朱雷先生———176
回忆母亲
　　——母亲逝世十周年祭———183

书序自序致辞

《平坡遵道集》序———201
《探寻宋型国家的历史》自序———205
《宋型国家历史的演进》后记———213
第一届宋代考古与文物学术研讨会开幕式致辞———217
中国宋史研究会履新会长年会致辞———220

宋史管见

宋史研究的现状、特点及问题———227
再评"宋代近世说（唐宋变革论）"———237
宋朝国家文明的高度———251
《金宋史论丛》读后———270
宋代思想史的新诠释———277

纪念王安石诞辰1000年

为民谋利，心系苍生的改革家：王安石

今年是中国历史上著名思想家、文学家和大政治家王安石诞辰1000周年。王安石在历史上是一个颇受争议的人物，有人说他是中国历史上少有的"完人"，也有人说他是导致北宋亡国的"罪人"。千秋功罪，本文不去评说，只是介绍一位从做县令开始就为民众排忧解难，谋利益，直至做了一人之下万人之上的宰相仍心系天下苍生的卓越政治家。

王安石，字介甫，抚州临川（今江西省抚州市）人。宋真宗天禧五年辛酉十一月十三日（1021年12月19日）辰时出生于临江军（治今江西省樟树市西临江镇）一个地方低级官员的官舍中。王安石的父亲王益，时任临川军判官。虽然王益是临川王氏家族最早经过科举考试走上仕途的才俊，但一直没有跻身"名门宦族"。他一直默默无闻、清廉正直、不畏权贵，为百姓踏实做事，长期在福建、江西、四川、广东等地方任中下级官员。青少年时代的王安石深受父亲王益的影响，跟随父亲宦游各地，辗转南北，接触现实，体验民间疾苦，深通民情。这个时期王安石写下《感事》诗，"贱子昔在野，心哀此黔首。丰年不饱食，水旱尚何有？"就表现了他对民瘼的关心。

　　王安石自幼聪颖，酷爱读书："自百家诸子之书，至于《难经》《素问》《本草》诸小说无所不读，农夫、女工无所不问，然后于经为能知其大体而无疑。"王安石不仅读书范围广泛而且善于读书，以求真求理为宗旨："善学者读其书，惟理之求。有合吾心者，则樵牧之言犹不废；言而无理，周孔所不敢从。"对王安石影响最大的人莫过于孟子。宋朝官史说："安石早有盛名，其学以孟轲自许。"他的《淮南杂说》发表后，见者认为"世谓其言与孟轲相上下"，就是说很像孟子的书。他的学生陆佃说："（王安石）言为《诗》《书》，行则孔孟。"反对王安石的人也说："当是时王安石假孟子大有为之说，欲人主师尊之。"王安石早年任州县职时写下的《兼并》《发廪》《寓言》等反映摧抑兼并、均济贫乏的诗篇"愿见井地平"就来自孟子的政治思想。

庆历二年（1042）春，二十二岁的王安石考中进士，在扬州当了一名地方长官的幕僚。庆历七年任明州鄞县（今浙江省宁波市鄞州区）知县。重视民生，很多人都会说，但多是口惠而实不至，王安石则真正做到"一民之生重天下，君子忍与争秋毫"。他在鄞县干了三年，凭自己的"忧国之所存"，兢兢业业地勤劳民事，鄞县百姓都夸赞他干得好，为民做实事。王安石离任后，民众"常相与传诵其事，指其迹而怀思之"。王安石为什么受到百姓的夸奖？请看：穷苦百姓在春夏之际没有收成，须从富豪大户借高利贷维持生计，并且要把微薄的田产做抵押。王安石"特出官钱，轻息以贷"，到秋收时，百姓可以安然还贷，解了燃眉之急。鄞县虽然是水资源丰富的鱼米之乡，但在王安石任职期间居然连年遭遇旱灾。王安石一方面筹措资金帮助民众修理失修的水利工程，"起堤堰，决陂塘"，在全县范围内掀起水利建设热潮。疏浚东钱湖等工程竣工后，"旱则滴水如油，涝则民居漂没"的问题大大缓解。另一方面王安石深究水利工程年久失修的原因，发现主要是当地官吏袭故蹈常不作为的风习所致，于是他罢黜不称职的官吏，提拔和奖掖能干廉洁的官吏。通过这次整治，他认识到，要为一县一州的老百姓干实事，廉政建设、选拔优秀人才至关重要。人才建设是个长远之计，为此王安石在鄞县兴办公立学校。对于社会治安，王安石也给予足够的重视，"严保伍，邑人便之"。

后来王安石又在常州、饶州等地任地方官，总要对他认为应兴之利和应革之弊，进行一番兴革，具有积极的务实精神。不仅为百姓排忧解难，而且要让老百姓过上好日子。他认为最终建立小康社会，发展生产是第一要务。在《与马运判书》中，他主张将合理开发利用资源、促进社会生产发展作为富家、富国、富天下的"生财之道"，即所谓"富其家者资之国，富其国者资之天下，欲富天下则资之天地"。

王安石生活的时代正是北宋社会矛盾丛生而且日趋尖锐的时代，贫富分化严重，国家财政入不敷出，宋与辽夏委曲求全。从宋仁宗朝开始，士大夫群体中的精英们饱读儒家经典，欲以儒家思想改变现状、重新建构社会秩序，纷纷提出改革意见和方案。庆历时期范仲淹主持的庆历新政昙花一现，到宋神宗上台，这位大有作为的青年皇帝，想要改变朝纲不振、对辽夏屈辱的现实局面，寻求能担当此重任的主政者。由于王安石独负天下大名三十年，从众多士大夫中脱颖而出。在宋神宗的支持下，自熙宁二年（1069）开始，设置三司条例司，陆续颁行新法，在全国掀起一场声势浩大的变法革新运动。

变法从四个方面展开：一是对官僚机构的调整和对下层士大夫的提拔，科举制和学校的变更；二是对军队的整顿及其战斗力的加强，巩固地方社会秩序的保甲法的建立；三是调整有关国家、地主与农民关系的政策，有关发展农业生产的措施，包括青苗法、免役法（雇役法、募役法）、方田均税法、农田水利法（农田利害条约）；四是供应国家需要和限制商业资本的政策，主要是均输法和市易法。（参见漆侠《王安石变法》）

有关王安石变法得失评价从南宋以来迄今可谓是汗牛充栋，在这里只讲三点：

一、王安石变法始终贯穿了孟子政治思想的核心"仁政""王道"。在孟子看来,圣王的王道是要为人民的福祉尽一切努力,这意味着国家一定要建立在殷实的经济基础上。由于中国自古以农业为主,主要问题是土地问题,所以孟子以为王道最重要的经济基础在于平均分配土地。他的理想的土地制度,就是以"井田"著称的制度。孟子所提出的关于正经界、均井地、平谷禄的具体措施,旨在防止豪强兼并,保证农民"百亩之田"的恒产不受侵犯。而王安石自科举及第后在地方辗转任官的二十年中,对北宋社会矛盾及问题有很深切的体察,不仅深刻认识到社会普遍性的贫困化,而且也认识到社会贫困化的根源在于兼并,因此王安石变法的宗旨"摧抑兼并,均济贫乏",即贯穿于青苗法、免役法、市易法和方田均税法中。

二、王安石在个性上与孟子很相似,熙宁年间盛传的"三不足畏"政治传言,意在抨击王安石变乱祖宗法度,而邓广铭先生则认为其最能体现王安石大无畏的精神,这与孟子跟弟子们讨论治理国家问题时所表现出的那种"如欲平治天下,当今之世,舍我其谁也"的英雄气概极其相似。变法触动了既得利益者豪强兼并的利益,受到他们激烈的攻击和反对，王安石则高瞻远瞩，展现了"不畏浮云遮望眼，自缘身在最高层"的博大胸襟、不畏奸邪的勇气和决心、非凡崇高的境界：人不能只为眼前的利益，应该放眼大局和长远。

三、王安石深刻懂得发展生产是民裕国强的根本问题，因而始终把发展生产作为改善民瘼、为国理财的终极手段，譬如他多年来注重农田水利的兴修。像王安石那样重视水利者，不仅在他同时代的人物中找不出来，即使在全部中国历史上，亦是罕见的。在王安石大量诗文中，他悲叹过别的地方的旱灾，悲叹过岁岁决口而无人问津的漳河，他恳切劝过他的上司重视水利，也颂扬过他的朋友同事们兴建海塘与沟渠。相传在王安石执政期间，一个宾客向他建议，决梁山泊积水可得万顷良田。王安石对这事很感兴趣，问这个客人怎样排除积水。此时，一个叫刘攽（反变法派）的客人却跟着说："别穿一梁山泊则足以贮此水矣！"这个故事流传颇广，是反对派茶余酒后取笑王安石的一个资料。但这正好反映了王安石是如何重视农田水利兴修的。王安石的农田水利法颁行后，在全国掀起了兴修水利的热潮，有力地促进了北宋农业的发展。农田水利法是中国历史上首部以鼓励与规范农田水利建设为核心的全国性行政法规。

最值得一提的是，王安石是历史上最干净的改革者，反变法派的子孙邵伯温说王安石"不好声色，不爱官职，不殖货利"。这在古代尤为难能可贵。

王安石变法失败了吗？
——为王安石及其变法正名

自20世纪初梁启超为王安石及其变法翻案以来，肯定王安石及其变法已是学界的主流意见，尽管还有不同的反对意见甚或还是比较激烈的反对。但是不论是肯定者还是否定者，大都认为王安石变法失败了，而且讨论王安石变法失败的原因一直是王安石及其变法研究中的热门话题，层出不穷。除了少数学者，如邓广铭先生曾明确指出，"新法的被推翻不等于新法的失败"外，学界几乎没有正面讨论过王安石及其变法是否失败这个问题，今天借纪念王安石诞辰1000周年之际，谈谈我对这个问题的看法。

首先，说王安石及其变法失败主要有三个根据，即元祐更化、绍兴初期的亡国元凶论、南宋中晚期的儒教异端论。

下面简要分述其过程：

元祐更化从表面上看确实将新法推翻了。但是新法真的被推翻了吗？高太后取"元祐"作为哲宗的第一个年号，是有深意的。这个年号是取仁宗"嘉祐"和神宗"元丰"年号中各一个字，表明元祐更化有因有革。最新研究表明，元祐更化基本上是延续了这个初衷。如王安石推行的科举、经学和教育改革，司马光不仅不反对反而高度称赞其是"百世不易之法"。只是反对王安石以一家私学"一道德"而已。青苗法放贷取息被推翻，但比旧常平仓制度有重大改进的赈济内容得以继续实施，免役法改为差雇并行，保甲法也只是冲改了部分内容，而将兵法基本沿袭。元祐更化的最大变化是后世所称，用所谓厚重"君子"代替了轻率冒进的"小人"。这里需要强调指出，元祐更化是反王安石的功利思想，并不是要完全否定由神宗制定的新法措施。同时对于王安石的个人品质也没有予以否定，反而给予很高的评价，苏轼为小皇帝宋哲宗所写的《王安石赠太傅》的敕中所云："朕式观古初，灼见天意，将有非常之大事，必生希世之异人。使其名高一时，学贯千载；智足以达其道，辩足以行其言。瑰玮之文，足以藻饰万物；卓绝之行，足以风动四方。"即使是其政敌司马光也说王安石"文章节义过人处甚多"，并且主张"朝廷宜优加厚礼，以振起浮薄之风"。所以邓广铭说"新法的被推翻不等于新法的失败"是符合事实的。

对王安石及其变法进行污名化始于靖康时期。女真族贵族建立的金政权灭辽之后，于宣和七年（1125）发动灭亡北宋的战争，宋徽宗匆忙让位于太子赵桓，是为宋钦宗。北宋灭亡后，赵构即位，是为宋高宗。面对国破家亡，人民流离失所的严重危机，图存救亡就成为宋高宗当时最为紧要的政治问题。他为开脱父兄的亡国之责，以靖康元年（1126）以来士大夫们的议论，把"国事失图"由蔡京上溯至王安石及其新法。但是宋高宗与靖康时期反对王安石新法的士大夫们考虑问题的出发点不尽相同，士大夫们反对王学独尊，而高宗以为北宋亡国就是因为王安石变法期间轻启边衅，导致蔡京、童贯主兵连年攻打西夏、吐蕃，而后又与金订立海上之盟谋取燕云，彻底变乱了祖宗确立的和戎之法，最终有了靖康之难。所以宋高宗在绍兴四年命令史官重新编修《神宗实录》，并定下肯定元祐、否定熙宁、元丰的基调，"惟是直书安石之罪，则神宗成功盛德，焕然明白"。绍兴版《神宗实录》给王安石及其变法在政治上定罪的做法，被南宋人编写北宋历史时全盘接受，清人蔡上翔在为王安石辩诬时说："公之受秽且蔓延于千万世，尤莫甚于此书。"也就是说，从南宋初期以后所记录的王安石及其变法的历史资料已有了原罪的定谳。

北宋的亡国使得理学信徒和传人更加确信王安石"新法"的错误根源在王安石"新学"。再造儒家"道德至上"的信仰和重构社会秩序就成为南宋理学家们的首要任务。这一深透而有系统的双重论证的重任，是由朱熹完成的。朱熹及南宋理学家对王安石新学的批判主要集中在两个方面：一是斥王安石新学为异端邪说，指其"于学不正""杂糅佛道"或"学本出于刑名度数"；二是把新学作为变乱祖宗法度而致北宋亡国的理论根据，予以无情打击。

经过朱熹和他的学生的不断努力，在宋理宗淳祐元年（1241）正月，理学得到官方的正式认可，王安石新学从此被打入冷宫。宋理宗在淳祐元年下诏，以周惇颐、

"二程"、张载、朱熹五人从祀孔庙的同时，撤销了王安石的从祀地位，并指责"王安石谓'天变不足畏、祖宗不足法、人言不足恤'，此三语为万世罪人，岂宜从祀孔子庙庭，合与削去，于正人心，息邪说关系不小，令国子监日下施行"。至此，"万世罪人"盖棺论定，这是对王安石及其变法污名化最终形成的标志。污名化造成三大后果：

一、随着理学逐渐取代了王学成为官方哲学，理学家对"熙宁之争"进行了系统改造。"熙宁之争"多属于变法派和反变法派对儒家经典的理解不同而产生的政见分歧，用王安石写给司马光的《答司马谏议书》中的话说，"今君实（司马光字）所以见教者，以为侵官、生事、征利、拒谏，以致天下怨谤也"。而理学家们对"熙宁之争"语境的改造则从义利之辩引申出华夷之辩和君子小人之辩的深刻变化。朱熹所描述的"熙宁之争"与黄宗羲、全祖望等《宋元学案》所描述的熙宁时代，大不一样了，历史的主角和场景一步一步移动了，被重新编排了。北宋"熙宁之争"王安石和司马光是主角，到南宋朱熹这里

"二程"就被放到显要的位置,再到明清之际黄宗羲等理学家这里"二程"成了"熙宁之争"理所当然的亮点和主角,是儒家正宗的代言人,王安石成了儒家异端,而司马光却淡出了。由此王安石学术思想便成定谳。

二、把王安石的诸项新法称作聚敛之术,把王安石的理财思想视作"剥民兴利",是自南宋至晚清绝大多数史家和思想家评议王安石及其变法的基本观点。王安石及其变法成为元明清宣扬义利道德观念最有说服力的"反面教材",王安石带有功利色彩的治国思想路线被彻底否定,直至晚清。王安石也成为典型"喻于利"的"小人"。

三、《宋史》将王安石集团的主要成员及绍圣、崇宁变法派统统打入《奸臣传》,钉在历史的耻辱柱上,由此新法集团和新法派绝大多数成员的个人文集至元明之际已遗失殆尽,给客观研究王安石及其变法造成难以弥补的损失。

从上述可以清楚地看出,南宋对王安石及其变法的污名化,是基于掩饰亡国的政治需要和对立学术派别的一家之说所人为制造的,与宋代历史史实根本不相符,也与中国古代后半段历史发展的史实不相符。以下从七个方面简要揭示王安石及其变法的历史遗产,以还原其历史的本来面目。

第一,从庆历新政至王安石变法,近半个世纪的文化发展取得了辉煌的成就,是承先启后的两宋文化中的最高峰。这一时期也是中国历史上人才勃兴鼎盛,可以与春秋战国时期相媲美的时代。

第二,著名经济史学家漆侠先生提出,中国古代经济有"两个马鞍形"发展的特点,汉唐是第一个马鞍形的两个高点,宋代和明中叶以后则是第二个马鞍形的两个高点。王安石变法时期是两个马鞍形高点中的最高点,其标志就是熙丰时的铁产量和铸币量最高,它是社会生产和货币经济发达的一个缩影。

第三,过去都说北宋后期是最腐朽最黑暗的时期,事实上却是学校教育、社会救济、城市文明都取得前无古人后无来者的最高成就的时期。宋人张择端所绘《清明上河图》充分展现了北宋徽宗时期东京的市井生活和消费场景繁荣的风貌。

第四，虽然王安石及其变法在政治上被南宋最高统治者和理学家们所否定，且遭到史无前例的污名化，但是变法派以货币、市场为手段增加工商税收，缓解财政支绌的施政理念，直接影响了南宋152年的财经政策，显然宋高宗对王安石及其变法的污名化暴露了他的一己之私。

第五，王安石新法控制和稳定社会基层的措施保甲法、免役法从南宋一直沿袭到晚清，保甲法甚至影响到民国的新政，而免役法则是明清一条鞭法和摊丁入亩的先河。这种近千年的历史契合，究竟贯穿了统治者们怎样的治世思想？

第六，王安石变法不仅仅是为了富国强兵，更是一场变革社会的运动，其"均济贫乏"的理念和实践不仅为南宋所继承，而且作为南宋以后至晚清历朝统治阶级集团推行"仁政"的核心，得到继承和发扬，尽管形式不尽相同。

第七，北宋熙丰、绍圣、崇宁所奠定的科举、教育与经学相结合的选官模式，一直影响到近代辛亥革命爆发的前夜，对后期中国历史产生莫大影响。

最后，我要强调指出，宋代在大多数时间占主导地位的"宋学"是王安石的学术思想，影响长达近200年，程朱理学是从南宋末期至元明清占统治地位的统治思想。程朱理学在哲学和经学的"形而上"或许有超过王安石思想的高明之处，但是程朱理学的政治思想是保守的、落后的，两宋经济文化的高度发展与程朱理学有关系，但是关系不大。对宋代经济文化高度发展起了重大作用的是以王安石为代表的功利色彩很浓的政治思想。一部宋代历史是以功利思想高涨为特色的，而元人编撰的《宋史》却充斥着对功利思想的贬抑和排斥，这是王安石及其变法得不到公正对待的主要原因。

王安石变法的目的是"富民"还是"济民"？

宋神宗于熙宁二年（1069）起用王安石变法，其变法的目的在于富国强兵，借以扭转北宋积贫积弱的局势，巩固地主阶级的统治。变法遭到诸多守旧大臣的反对王安石的诸项新法被称作聚敛之术"聚敛害民"，王安石的理财思想被视作兴利之道"剥民兴利"。这既是熙宁、元祐时反变法派批评新法的主要观点，也是自南宋至晚清绝大多数史家和思想家评议王安石新法的基本观点之一。但元明清也有相当多学者认为王安石变法的目的，一是"摧抑兼并，均济贫乏"，二是"富国强兵"。这两点看法到20世纪之初，梁启超为王安石及其变法翻案以后，逐渐成为评议王安石变法动机的主流意见。直到20世纪80年代以后，学界在以往研究的基础上又提出，熙丰时期王安石主张富民，宋神宗侧重富国。王安石坚持以富民为变法的指导思想，所以在他任相期间，同将富国放在首位的宋神宗，发生了一系列冲突和争执，主要表现在"静边"与"开边"、"省兵"与"增兵"、"节用"与"烦费"这三个方面。其后对于王安石变法的目的是否是"富民"展开讨论，大多数学者还是认为王安石变法的目的主要是"富国"，而主张"富民"说的学者则认为王安石在执政前的早期诗文和庆历时期在鄞县任上，主张摧抑兼并，其目的在富民，及至执政变法，则变为"富民"是名，"富国"是实。

王安石真的有"富民"思想吗？或者说新法是为了"富民"吗？从文献记载来看，王安石的《临川先生文集》既查不到"富国"也查不到"富民"专用名词，当然这一类名词颇有近现代的含义。但是对富国相类的表述则多处见于史载，特别是反对派将新法与"富国强兵"视为同一词。王安石讨论富国、富家最具代表性的莫过于《与马运判书》的一段话："富其家者资之国，富其国者资之天下，欲富天下则资之天地。"[1] 显然，在王安石看来，每个家庭的富足依赖国家的富足，国家的富足依赖天下全民的

---

[1]〔宋〕王安石：《临川先生文集》卷七十五，《王安石全集》，复旦大学出版社，2016年，第1343页。

富足，要使天下全民富足，就要依赖开发大自然。发展生产是其根本。这与后来其执政变法的主导思想"因天下之力，以生天下之财，取天下之财，以供天下之费"是一致的。这是王安石整体的财富观，言简意赅地点明了家庭、国家、天下全民的富足跟开发自然、发展生产的关系，所以抛开这个前提谈王安石变法的目的，都不是王安石本人"得志定知移弊俗"（王令《赠王介甫》）的思想。就王安石所处的时代而言，除了解决冗官、冗兵和冗费外，消除贫富分化，建立较为平等的社会秩序，"先天下之忧而忧，后天下之乐而乐"，才是当时先进士大夫们孜孜以求的治世理想。故实际上从王安石早期忧民到执政变法，既不在富民，也不在富国，而是心系苍生，以经世"济民"、救助天下百姓为念。

首先，王安石不仅深刻认识到当时社会普遍性的贫困化，而且也认识到社会贫困化的根源在于兼并。

王安石早年跟随长期在地方任中下级官员的父亲王益宦游福建、江西、四川、广东等地，接触现实，体验民间疾苦，已略通民情。自庆历二年（1042）王安石科举及第后在地方辗转任官二十年中，对北宋社会矛盾及问题又有深切的体察。作于舒州通判任上的《感事》诗，描述了社会普遍性贫困化现象，对昏庸地方官吏和豪强势力兼并勾结、如狼似虎欺压农民，迫使老弱冻饿而死、青壮四散逃亡的农村状况深有感触：

> 贱子昔在野，心哀此黔首。丰年不饱食，水旱尚何有？虽无剽盗起，万一且不久。特愁吏之为，十室灾八九。原田败粟麦，欲诉嗟无赇。间关幸见省，笞扑随其后。况是交冬春，老弱就僵仆。州家闭仓庾，县吏鞭租负。乡邻铢两微，坐逮空南亩。取赀官一毫，奸桀已云富。彼昏方怡然，自谓民父母。掲来佐荒郡，懔懔常惭疚。昔之心所哀，今也执其咎。乘田圣所勉，况乃余之陋？内讼敢不勤，同忧在僚友。

作于同时期的《发廪》诗更是将社会贫困化的根源

直指兼并势力:"贫穷主兼并。"[1]

王安石诗里所揭示的社会普遍贫困化现象和造成贫困化的根源是兼并势力,是当时历史的真实写照。唐中叶以降社会矛盾日趋加深:从魏晋南北朝到唐朝中期土地制度是以国有分配制度为主,之后均田制瓦解,土地买卖盛行,地主、商人依靠财富兼并土地,皇亲宗室、外戚品官利用公权力强买强占土地,"势官富姓,占田无限,兼并冒伪,习以成俗,重禁莫能止焉"[2],从而导致贫富分化越来越严重。拥有全国土地十分之五六的官绅豪强户,仅占全国人口总数的百分之一,而占百分之八十五以上的四五等主户、客户中的六成以上人口生活在宋朝的贫困线(宋真宗时期的贫困线是五口之家有 20 亩土地)以下。唐朝后期,黄巢农民大起义和宋初王小波、李顺农民起义都提出"均平""均贫富"的口号,就是反对这种现存社会秩序的集中反映。

---

[1]〔宋〕王安石:《临川先生文集》卷十二,《王安石全集》,复旦大学出版社,2016 年,第 307～308 页。
[2]《宋史》卷一七三《食货志》,中华书局,1977 年,第 4164 页。

王安石在《上仁宗皇帝言事书》中总结历史教训，围绕避免走上汉唐分别亡于黄巾、黄巢的覆辙，提出法先王之政，改革社会鄙俗的宏伟蓝图。试想在整个社会中下层大多数民户尚处在嗷嗷待哺的状态，贫富分化日趋严重，特别是根源没有得到基本治理的情况下，用近现代含义的"富民"代替"均济贫乏"，并视其为王安石的变法初衷是与事实不相符的，也不符合宋朝先进士大夫"经世济民"的孜孜追求。换言之，对于广大的贫困农民而言，首先是要解决他们的温饱问题，富裕还提不到议事日程上来。

其次，"摧抑兼并，均济贫乏"是王安石新法改善国家财政状况，救助贫困百姓的出发点。

王安石早在《兼并》一诗中就指出，自战国以降，官府和"俗儒"不知造成国家财政困难的原因是兼并势力的垄断："俗吏不知方，掊克乃为材。俗儒不知变，兼并可无摧。利孔至百出，小人私阖开。有司与之争，民愈可怜哉。"[1]

---

[1]〔宋〕王安石：《临川先生文集》卷四，《王安石全集》，复旦大学出版社，2016年，第198页。

随着北宋中期新儒学的复兴和社会矛盾的日趋尖锐，先进的士大夫秉持内圣外王之道，欲重建社会秩序，打出回到三代去的旗号。孟子所谓"仁政自经界始"，成了宋朝的时代最强音。抑制兼并遂成为当时的主流思想，"今一州一县便须有兼并之家，一岁坐收息至数万贯者。此辈除侵牟编户齐民为奢侈外，于国有何功？而享此厚奉"[1]。王安石可谓是这股潮流的代表者之一。

必须指出，王安石执政前后在摧抑兼并的问题上态度是有变化的。王安石早年与李觏、张载、"二程"一样也曾经向往古代井田制："我尝不忍此，愿见井地平。"这从他任州县职时写下的《兼并》《发廪》《寓言》等反映摧抑兼并、均济贫乏的诗篇中即可见。王安石的确把恢复井田制作为解决土地不均问题的基本方法，可是在执政之后，他与张载、"二程"对井田制则存在根本性的分歧。因为唐中叶以后随着均田制瓦解，国家分配土地给编户齐民的历史已一去不复返，"乡村上三等及城郭有物业

---

[1]〔宋〕李焘：《续资治通鉴长编》卷二四〇，熙宁五年十一月戊午。

之户","是从来兼并之家,此天下之人共知也"[1],所以不能简单地恢复井田制度,即不能"褫夺民田"以赋贫民,故王安石放弃此前的井田主张,而是通过某些法令政策给豪强兼并以一定的限制[2],"以切实可行的青苗、免役、市易等法,虽然不可能做到'均平'贫富,但多少能抑制豪强兼并势力的发展,稍微减轻农民的负担,从而有助于社会生产的发展。王安石在井田制上的转变是自然的,符合事物发展的客观形势"[3]。换言之,王安石在新的历史条件下,不一味地简单恢复孟子的井田制度,也不漠视占田不公的社会现象。王安石新法中继承宋仁宗时期郭谘等人"千步方田法"的"方田均税法":"分地计量,据其方庄帐籍,验地土色号","方量毕,计其肥瘠,定其色号,分为五等,以地之等均定税数","其分烟析生、

---

[1]〔宋〕韩琦:《上神宗论条例司画——申明青苗事》,赵汝愚编《国朝诸臣奏议》卷一一二,第1222页。
[2] 漆侠著:《宋代经济史》,《漆侠全集》第4卷,河北大学出版社,2008年,第1129页。
[3] 漆侠著:《宋学的发展与演变》,《漆侠全集》第6卷,河北大学出版社,2008年,第378~380页。

典卖割移，官给契，县置簿，皆以今所方之田为正"[1]，在一定程度上是对孟子所谓"仁政必自经界始"说法的一种实践。

王安石变法虽然不可能消除兼并势力存在的土壤，但是通过新法实践的确直接触及兼并势力的痛点。过去常用这两条材料说明司马光反对王安石变法之得人心："司马公薨，京师之民，罢市往吊，鬻衣以致奠。巷哭以送丧者，盖以千万数。上命户部侍郎赵瞻、内侍省押班冯宗道护其丧归葬。瞻等还奏：'民哭公甚哀，如哭其私亲。'四方来会葬者数万人。"但是很少有人审视，为司马光送行的多是仇视王安石摧抑兼并政策的富民阶层。要知道早在宋真宗时王旦等就说："国家承平岁久，兼并之民徭役不及，坐取厚利，京城资产百万者至多，十万而上，比比皆是，然器皿之用畜藏之货，何可胜算。"[2]一句"罢市往吊"，揭示出为司马光送葬的人群以"兼并之民"为主的基本事实。甚至到了北宋晚期，反对派代表之一的苏辙仍

---

[1]〔宋〕李焘：《续资治通鉴长编》卷二三七，熙宁五年八月甲申。
[2]〔宋〕李焘：《续资治通鉴长编》卷八五，大中祥符八年十一月己巳。

对王安石打击兼并势力的做法不能释怀:"王介甫,小丈夫也。不忍贫民而深疾富民,志欲破富民以惠平民,不知其不可也。为《兼并》之诗……及其得志,专以此为事,设青苗法以夺富民之利,民无贫富,而税之外皆重出息十二,吏缘为奸至倍息,公私皆病矣。"[1]

由此再来审视,王安石变法的动机不在"富民"而在于经世"济民",是不言而喻的。

再次,"济民"是宋朝绝大多数士大夫共同拥有的理念。

"损有余而补不足"是儒道政治核心概念之一。补不足就是济民,就是救济贫困百姓,如李觏"以康国济民为意",只是在宋代士大夫们所持立场不同而已。一是以王安石为代表的"摧抑兼并",一是以司马光、苏辙为代表的"贫富相资""贫富相济"。先说王安石。王安石站在皇朝国家的立场,力图通过国家的力量限制兼并势力对贫困百姓的掠夺。《周礼详解》中的一段话可谓代表了

---

[1]〔宋〕苏辙:《栾城集》三集卷八,文渊阁四库全书影印本。

王安石的这种主张。"方春兴作,则粟宜贵之时,因其不足而出粟以资之。方秋收成,则粟宜贱之时,因其有余而敛之。如此,则为农者不为兼并者之所夺,其生计可积而厚矣,先王之民,所以无贫困之患者,亦以有此术故也。"[1]四库馆臣说王安石以《周礼》乱宋,这是自南宋初期王安石变法在政治上被否定以后,历代批评王安石的学人所共同持有的一个观点。若从符合历史事实的角度而言,王安石新法中的青苗法、免役法、方田均税法、农田水利法、保甲法等新法措施就是对《周礼》散利、薄征、弛力、缓刑、去盗贼等"荒政"内容的新发展。由此可以说王安石变法把汉唐以来以临灾救济和时断时续的常平、义仓等为主要内容的救荒之政,提高到作为国家大政方针重要组成部分的新阶段,即将摧抑兼并与救荒之政紧密地联系起来。"凡所以使之有丰而无凶,损有余以补不足,皆王政之纲也"[2],青苗法条令中的"亦先王散惠兴利以为耕敛补助,哀多补寡而抑民豪夺之意

---

[1]〔宋〕王昭禹:《周礼详解》卷十五。
[2]〔宋〕程珌:《洺水集》卷五《弭盗救荒》。

也","非惟足以待凶荒之患",就表达了这层含义。王安石变法,既是一场社会变革运动,同时也是我国历史上统治阶级利用国家政权第一次全面推进"荒政"的有益尝试。

司马光等人站在富民的立场,虽然反对王安石"摧抑兼并",但是并不完全反对"均济贫乏",他们反对的是以牺牲富民利益去救济贫民。伴随王安石变法展开而出现的"贫富相济""贫富相资"思潮渐次抬头,其典型代表是司马光在反对青苗法主张中的贫富观:"夫民之所以有贫富者,由其材性愚智不同。……是以富者常借贷贫民以自饶,而贫者常假贷富民以自存,虽苦乐不均,然犹彼此相资以保其生也。"[1]苏辙更是明确地指出:"惟州县之间随其大小,皆有富民。此理势之所必至,所谓'物之不齐,物之情也'。""能使富民安其富而不横,贫民安其贫而不匮,贫富相恃以为长久而天下定矣。"[2]这一思潮在

---

[1]〔宋〕司马光:《上神宗乞罢条例司及常平使者》,赵汝愚编《国朝诸臣奏议》卷一一一,第1211~1212页。
[2]〔宋〕苏辙:《栾城集》三集卷八。

南宋有扩大的趋势。黄震认为贫富相济就是："富者种德，贫者感恩，乡井盛事也。"[1]

最后值得一提的是，用发展生产的方式"济民"是王安石及其变法的主要特色，也是对中国古代历史上救荒之政的巨大贡献。这主要表现在熙宁时期颁布的农田水利法。王安石深刻地懂得发展生产是救助百姓的根本问题，因此他一直从是否有利于生产的角度考察国家事务。熙宁时期在王安石的倡导下，一时形成"四方争言农田水利"的高潮。兴修水利工程包括湖陂等水利工程的兴建、河道的疏浚、营建水田和淤田、开垦荒田。自农田水利法公布之后，农田水利的兴建取得了前所未有的重大成就，熙宁年间营建水田10793处，灌溉民田达36117888亩，官田191530亩，这对于当时农业生产的发展起了重要作用。更为重要的是，农田水利法是我国历史上首次由国家面向全国颁布的水利法规。

王安石熙宁九年（1076）罢相后隐居于蒋山下，不

---

[1]《黄氏日抄》卷七八《（咸淳七年）四月十三日到州请上户后再谕上户榜》。

仅关注神宗主导下变法的发展，而且一如既往心系苍生，为风调雨顺给农民生活带来的"生意"念兹在兹："霈然甘泽洗尘寰，南亩东郊共慰颜。地望岁功还物外，天将生意与人间。"（《雨过偶书》）为新法改善农民生活状况欢欣鼓舞："歌元丰，十日五日一雨风。麦行千里不见土，连山没云皆种黍。水秧绵绵复多稌，龙骨长乾挂梁梠。鲫鱼出网蔽洲渚，荻笋肥甘胜牛乳。百钱可得酒斗许，虽非社日长闻鼓。吴儿踏歌女起舞，但道快乐无所苦。老翁堑水西南流，杨柳中间杙小舟。乘兴欹眠过白下，逢人欢笑得无愁。"（《后元丰行》）

"一民之生重天下，君子忍与争秋毫。"这是王安石终其一生所追求的理念。

讲演稿

宋代经济的发展及历史地位

宋代是一个充满争议的朝代。宋朝在政治、军事与外交上的孱弱历来为人所诟病，但宋朝在经济和文化上所达到的高度却令世人叹为观止。本文就以下三个问题展开论述并予以回应：一是国内外学界对宋代经济发展的评议，以及该如何看待学者们评价宋朝的"积贫积弱"论与"宋代GDP的全球占比"论；二是宋代社会生产力发展与中国古代经济发展中的"两个马鞍形"论；三是从宋代夜间经济的兴盛看宋代经济发展汉唐不能企及、明清亦不能超过的历史原因。

一、国内外学界对宋代经济发展的评议
——兼论"积贫积弱"论与"宋代GDP的全球占比"论

20世纪20年代以来，宋代历史的研究迄今已走过百年，其间对宋史历史地位的评价褒贬落差之大，在中国古

代史研究中是仅见的。

(一) 西方学界对宋代经济的评价

西方学界自18世纪至第二次世界大战以前长期秉持黑格尔对中国历史的主流看法，即长期延缓、停滞的观点。该观点对国内学界也产生了很大影响。20世纪三四十年代在全国掀起了关于"中国社会长期停滞"问题的大讨论，新中国成立之后的五六十年代和改革开放初期的1978～1983年也有两次关于中国封建社会长期延续问题的讨论。白钢先生专门撰有《中国封建社会长期延续问题论战的由来与发展》一书对这三次大讨论进行总结。

第二次世界大战以后，西方学术界反思传统的关于东西方文明的看法，开始调整以往关于中国文明长期停滞不变之说，影响较大的有两种观点：

一是20世纪初日本学者内藤湖南的"宋朝是中国近世开端"的假说，经他的后继者和学生宫崎市定等人发展为"唐宋变革"论，在国际唐宋史学界产生深远影响。

二是美国学界费正清认为中国内部不是停滞的，而是有变化的，并在日本"唐宋变革"论的影响下，渐次在

20世纪50年代提出中国文明"传统内变迁"说。

到1973年，英国学者伊懋可出版了一本归纳性的专著《中国过去的模式》（The Pattern of the Chinese Past），提出宋代发生了一场中世纪的"经济革命"，主要包括农业革命、铁煤革命和商业革命。在这一系列学术进展中，宋代经济一直是西方学界观察讨论的一个核心议题。

日美欧对宋代经济发展有着很高的评价。日本学者和田清在《中国史概说》一书中认为：宋代横比当时世界各国，均在其之上，处于领先地位；宋代纵比前代，亦超越之，是中国古代历史上继汉朝、唐朝之后的又一座新高峰。以上两点可以说是日本学界对宋代历史地位的两个基本估计。德国学者迪特·库恩也说："宋代中国在商品化与消费，在财政金融的发展程度，特别是其强大的信用市场和纸币制度的创立，在交通（马车、客船和配备有尾舵和水密舱的驳船）的发达程度，在陶瓷生产、铜铁矿的开采、纸张的生产、高品质的印刷和出版，以及在机械标准化和技术术语（这是进行高效且有利可图的持续大规模生产的先决条件）等方面都走在了中世纪欧洲的前面。"

(《哈佛中国史》第四册《儒家统治的时代：宋的转型》)

（二）中国学界对宋代经济的定位

在改革开放以前囿于当时东西方冷战的对立，西方学界对中国古代社会经济认识的转变对国内并没有产生什么影响。与日美欧学界对宋代历史高度评价相反的是，自20世纪50年代至改革开放，国内学者对宋代历史的评价呈现批评、贬抑为主的态势。主要表现在两方面：

一是将宋朝冠以"积贫积弱"。民国后期，钱穆在《国史大纲》中讲宋代的财经和军政时用了"积贫"和"积弱"来概括。漆侠先生在《王安石变法》（1959年）一书中第一次将"积贫积弱"连用，来概括宋神宗实施变法的主要社会原因。1962年邓广铭先生将这一概括引入《中国史纲要》宋代历史部分。由于《国史大纲》和《中国史纲要》是大、中学教材，因而影响极大，遂使"积贫积弱"成为20世纪后半叶评价宋代历史的代名词。

二是中华人民共和国成立以后所确立的封建社会内部分期研究范式，把宋代作为中国封建社会走向衰亡的开始，即唐宋时期处在封建社会由前期向后期转变的时代，并为大多数学者及教科书所认同。五个社会形态说是建立在经济基础决定上层建筑理论和"社会进化论"的基础上，宋代处于封建社会的衰落时期，其落后是不言而喻的。基于这两方面的认知，国内学界一般提到宋朝历史的特点，总是将其与政治上腐朽、学术上反动、经济上积贫、军事上积弱画等号。

关于宋朝的"积贫积弱"，在改革开放以后逐渐被国内学界所质疑。根据目前的研究，关于宋朝"积贫"的观点应该在一定程度上予以更正。从国家财政和地方财政的角度而言，早在南宋后期，有识之士就说"民穷""财匮""兵弱"是当时的三大弊政。宋仁宗时期形成的"财匮"，在王安石变法之后得到一定的舒缓，南宋以后则一直是为摆脱财政危机苦苦挣扎。宋代地方财政长期处于入不敷出的窘境，是宋代财政史研究者取得的较大共识。从"财匮"角度说宋朝"积贫"是有充分根据的。从"民穷"的角度来说，宋代社会最底层的客户，与魏晋隋唐以来的部曲相比，不论是法律身份地位、迁徙自由以及谋生手段，都有较大的改善和提高，而宋代大中城市里拥有三五万贯家财的富户人数众多。如果"积贫"是指社会经济领域，则完全失实。因此需要辩证地看待宋朝的"积贫"。

(三) 近年来关于"宋代GDP的全球占比"的热议

值得注意的是，近年来，中国经济快速增长，在全球经济总量中占比上升，至21世纪之初上升为第六位，2010年超越日本成为第二经济大国，从而使追溯中国历史上经济发展的轨迹也日益成为研究热点。由于此前西方学界对宋代在中国经济史上的地位有高度评价，所以宋代再一次成为这场讨论的中心。

一些学者试图估算宋代的经济总量，集中体现的就是所谓"宋代GDP的全球占比"论。目前已出现占四分之一、二分之一，更有所谓的占世界总量百分之八十的说法，使得宋代经济之辉煌似乎到了令人瞠目的程度。这些估算所依据的，主要是英国经济史学家麦迪森在其《中国经济的长期表现：公元960—2030年》一书中所提出的数据。麦迪森认为，在公元元年至公元960年的近千年时间里，中国人均GDP达到450美元（国际元，1990年美元），进入宋代人均GDP则达到600美元。

这种说法经不明就里的媒体渲染，在网络上广泛传播，甚至有一些所谓专家跟进，影响巨大。那么该如何冷静、理性地看待"宋代GDP的全球占比"论呢？

首先，核算方法是否科学规范。根据1968年联合国通过的《国民经济核算体系》（新SNA），GDP核算有三种方法，即生产法、收入法、支出法，理论上三种方法的核算结果相同或相近，其结论的可信度才高。

生产法核算GDP，是指按提供物质产品与劳务的各个部门的产值来计算国内生产总值。收入法核算GDP分为四项：国内生产总值＝劳动者报酬＋生产税净额＋固定资产折旧＋营业盈余。支出法（又称最终产品法、产品流动法）核算GDP，就是从产品的使用出发，把一年内购买的各项最终产品的支出加总而计算出的该年内生产的最终产品的市场价值。

显然GDP的核算需要严格、科学、系统的统计数据。虽然中国古代传世文献甚多，但是除了一些赋税财政资料外，作为现代经济学统计所需的资料甚少，可供GDP统计所需的年度数据则更是微乎其微，著名经济史学家梁方仲先生的《中国历代户口、土地、田赋统计》也只能提供一个大概。虽然宋代的财政资料相对多一点，但是在各类史料中却几乎找不到可以比照规范GDP核算的年度数据。也就是说，近些年频繁见诸媒体的各类宋代GDP的估算，从人口、平均亩产、粮食价格到产品总值、劳动报酬、固定资产等数据和方法，实际与1968年联合国通过的《国民经济核算体系》（新SNA）GDP核算体系有天壤之别。

其次，比较条件是否得以满足。国与国的GDP要实现国际比较，通常应满足三个条件：一是指标的概念定义、计算方法应一致；二是用统一货币单位来表示；三是用相同的价格来衡量，剔除各国之间价格水平的差异。

但是10至13世纪（宋朝的时代），既没有统一货币，也没有可以参照的相同价格，更没有统一的货币兑换汇率，且环球航海还没有开始。在《世界经济千年史》中，麦迪森对1820年之前世界主要国家的GDP、人口等数据，主要来自他本人的"猜想"，能得到的统计数据主要来自约1500年以后西欧国家的资料，有的资料甚至是19世纪的统计数据。

可见，对缺乏最基本数据的历史时期，GDP核算的规范统计、GDP国际上比较复杂的统计都被麦迪森轻率地抛弃了。直到目前，他到底用了哪种GDP核算方法，具体运算方式为何，竟然没有明确结论。由此不难看出，宋代GDP全球占比的神话背离了GDP研究的基本原则和方法，与既有宋代社会经济研究相去甚远。

那么国人为什么会对西方学者一些远离中国历史实际的猜想如此感兴趣，并广为传播，则值得我们深思。一种情况可能类似于阿Q"祖上先前也阔过"的心理。另一种情况则可能是，在某种程度上，或许是国人对现今中国经济地位的某种不自信，转而从历史上去寻找荣耀。[1]

二、宋代社会生产力发展与中国古代经济发展过程中的"两个马鞍形"论

宋代"积贫"论和"宋代GDP的全球占比"论都受到学界的反驳和否定，那么针对二战以后日美欧学界提出

---

[1] 参见魏峰《宋代"GDP"神话与历史想象的现实背景》，《国际社会科学杂志》2014年第2期。

的宋代"经济革命"说,国内宋史学界和中国古代经济史学界是如何作出回应的?20世纪80年代中期,漆侠先生在《宋代的社会生产力发展及其在中国古代经济发展中的地位》(《中国经济史研究》1986年创刊号)一文中,提出了著名的"两个马鞍形"的观点,可以说是国内学者重新认识宋代经济发展及其历史地位的代表性论断。

所谓"两个马鞍形"是指,从总的方面考察,中国封建时代的社会生产发展,大体上经历了两个类似于马鞍形的过程。自春秋战国之交进入封建社会后,由于基本上摆脱了奴隶制的桎梏,社会生产力获得了显著的发展,到秦汉时期便发展到了第一个高峰。魏晋以下,社会生产力低落下来,到隋唐有所恢复、回升,从而形成第一个马鞍形。在唐代经济发展的基础上,宋代社会生产力以前所未有的速度迅猛发展,从而达到了一个更高的高峰。元代生产急剧下降,直到明中叶才恢复到宋代的发展水平,这样便形成了第二个马鞍形。从明中叶到清初,社会生产虽有所发展,但在一定程度上显现了迟缓和停滞,从而展现了中国封建制的式微和衰落。

漆侠先生从冶铁技术和铁制生产工具的发展、人口的增长、垦田面积的扩大和土地单位面积产量的提高四个方面进行了论证。

(一) 生产工具的改进

按照马克思主义的观点，劳动生产资料，或者说生产工具，在社会生产总过程中具有重大的意义和作用，亦即"更能显示一个社会生产时代具有决定意义的特征"。中国古代经济"两个马鞍形"的形成正是从冶铁技术和铁制生产工具的进步、变革开始的。

众所周知，春秋战国秦汉时期，我国冶铁技术持续发展，用铸铁锻制的各种器物，比欧美早2000多年，为大批量制作农具创造了重要条件。

汉武帝将铸钱、冶铁、盐三大利收归国家，官府置工巧奴铸造各种农具，进行大批量生产，使农具的制作规范化、制度化，对农业的变革起了重大的促进作用。"农，天下之大业也；铁器，民之大用也。器用便利，则用力少而得作多，农夫乐事劝功。"(《盐铁论·水旱》)直接劳动生产者与先进铁制农具的密切结合，反映了这一时期社会生产力的发展。

继战国秦汉之后，唐宋之际特别是两宋是我国古代冶铁技术和铁制工具第二次变革的重要时期，变革的主要内容是：灌钢法、百炼钢法的广泛使用，铁犁进一步改进，钢刃农具的创制和推广等，特别是铁产量的激增使这次变革具有了更坚实的基础。宋代铁产量在当时世界上是首屈一指的。50 年前，美国郝若贝（Robert Hartwell）教授以宋代武器制作、铁钱铸造和农具使用等方面消耗的铁为依据，估计宋神宗元丰元年（1078）的铁产量在 7.5 万吨至 15 万吨之间，而这一产量则为英国工业革命时的 2.5 到 5 倍；同时还可与 18 世纪欧洲（包括俄国欧洲部分）诸国 14 万吨到 18 万吨的总产量相比。[1] 漆侠先生以为，如果把这个估计的最低产量 7.5 万吨改为 15 万吨，可能更接近于当时的产量。

（二）人口的增长

自西汉平帝元始二年（2），我国开始有了全国性的

---

[1] "Industrial Developments: The Iron and Coal Industries", *Journal of Asian Research*，1962 年.

户口数字，而中国历史上人口曲线的变化恰好表现了"两个马鞍形"的演进趋势。

战国秦汉为人口增长的第一个高峰，西汉平帝时期政府统计在册的人口就有近6000万。魏晋六朝时期，由于战乱等诸多原因，人口数量总体呈下降趋势。隋唐时代人口回升，到唐玄宗时代"安史之乱"之前，政府所掌握的人口也有5000多万，这还不包括门阀世家所隐匿的人口。到宋代，又迎来了第二个更高的人口高峰，宋徽宗时期全国人口有1亿之多。元代人口数复下降，到明代又反弹回升。据明代官方的统计，当时的人口数为7000多万，而现代学界估计明代的人口可能高达1.5亿至2亿。至清代，中国又形成了史无前例的新的人口高峰，清宣宗时人口已近4亿。

人口增长过程中的"两个马鞍形"，与封建时代社会生产力发展总过程中的"两个马鞍形"是非常契合、一致的，深刻地反映了这两者之间内在的本质的联系。

(三) 垦田面积的扩大

战国秦汉时期的垦田数，以西汉平帝元始二年为最高峰，达5.6亿亩，东汉一代的垦田数均低于此，从而反映了东汉社会生产力的发展没有超过西汉。到唐玄宗天宝年间垦田数又回升到5亿亩以上，宋神宗时候达到7亿至7.5亿亩，形成第二个高峰。明中叶垦田数回升并超过宋代，直到清初才又形成高峰。因此在历代垦田方面，也形成了"两个马鞍形"。

在历代垦田数量中，宋代垦田数量又是极为突出的，从宋太祖开宝末年的2.95亿亩，经过100多年的时间，发展到宋神宗元丰年间的7亿至7.5亿亩，比此前的汉唐固然要快得多，比后来的明清的发展也快得多。与清初相比，垦田数虽不及，但清自康熙、雍正以后人口激增，在人均土地方面，清初亦不及北宋。

（四）土地单位面积产量的提高

自秦汉迄隋唐，传世的亩产量记录不多，有记录的也难以凭信。宋代的亩产量却有一批确切的记录，大致是北方1宋亩产粟麦1宋石，南方发达地区1宋亩产米两三宋石。宋人谈论亩产量只是以一次收种为准，并无现代按每年每亩收获总量估算亩产量之习惯，在有复种制的地区，两种亩产量的计算标准自然有明显差异。

按 1 宋尺约为 31 厘米，1 宋亩为 6000 平方宋尺计，1 宋亩约相当于 0.8649 市亩。又 1 宋石约折合三分之二市石，1 市石米为 150 市斤，小麦为 140 市斤，粟为 135 市斤。依此折算，宋代北方亩产量，约相当于 1 市亩产粟 104 市斤、小麦 108 市斤。南方发达地区亩产量，相当于 1 市亩产米 230 至 345 市斤，依稻谷 70% 折米率，约折合稻谷 329 至 493 市斤。

据最新研究，明代亩产比宋代有较大提高。宋朝北方亩产平均值大致是 1 石，南方大致为 2 石。[1] 明代浙江地区"田中之获，卒岁之收不过亩四石"，松江府膏腴田"每岁收米可得三石"，瘠田"常破一石"。[2]

对于漆侠先生的"两个马鞍形"著名论断，当时在宋史学界"得到相当广泛的认同"[3]。同时，学界也存在不同意见，异议主要来自明清经济史学界。

---

[1] 漆侠著：《辽宋西夏金代通史叁·社会经济卷上》，人民出版社，2010 年，第 214～215 页。
[2] 王毓铨著：《中国经济通史·明代经济卷（上）》，中国社会科学出版社，2007 年，第 161 页。
[3] 朱瑞熙、程郁著：《宋史研究》，福建人民出版社，2006 年，第 141 页。

20世纪90年代以后,中国社会科学院经济研究所、美国加州学派反对"宋代高峰论",认为清代超过宋代,是中国古代经济发展的最高峰。主要反对意见是明清经济总量大大高于宋代,人口、垦田和亩产量都比宋代高。譬如单位亩产,有学者认为,按保守的估计,明代后期江南的亩产量,比宋代人约增加了50%以上。[1]

这些论断基本符合历史事实。然而北宋国土只有260万平方公里,南宋更少,只有150多万平方公里,明清国土面积要比宋的国土面积大几倍,总产量高于宋代理所应当。而且,宋朝有两个指标明、清均不能超越:一是在20世纪60年代,台湾地区、香港地区以及海外的华人学者们在讨论宋代经济的进步时,一致认为宋代在经济上、生产技术上,为当时全人类农业社会中最繁荣的。[2]而明、清在世界经济发展格局中已从先进逐渐转为

---

[1] 高寿仙著:《明代农业经济与农村社会》,黄山书社,2006年,第78页。
[2] 全汉昇:《略论宋代经济的进步》,《大陆杂志》第28卷第2期,1964年。

落后。二是就传统经济来说，在工商业管理制度及其财经政策方面，明清也没有超越宋朝。

三、宋代经济汉唐不能企及、明清亦不能超越的历史原因——以宋代夜间经济的兴盛为中心

"夜间经济"是20世纪70年代以后提出的经济学名词，又称"夜经济"，是第三产业的重要组成部分，大致包括购物、餐饮、娱乐、休闲、旅游等类的经营和消费。在我国古代与这个名词相对应的是"夜市"。夜市一般是指"夜间交易市场或夜间商业活动"。也有学者引申为"古代夜市与日市相对，是商品经济发展的产物，是城市及城市经济的衍生物，是指在夜间进行的商业经营活动或场所"[1]。虽然现今不少学者把中国古代夜市的起源追溯至汉代，有的甚至追溯到殷周之际，但是从严格意义上讲，具有现代夜间经济诸特征的夜市，则起自中晚唐。"夜市千灯照碧云，高楼红袖客纷纷。如今不似时平日，

---

[1] 张金花、王茂华：《中国古代夜市研究综述》，《河北大学学报（哲学社会科学）》2013年第5期。

犹自笙歌彻晓闻。"(王建《夜看扬州市》)夜市到宋代才兴盛起来,并日臻成熟。

(一)宋朝夜间经济的兴盛

1.宋朝的都市夜间经济

宋朝大都市夜间经济的繁盛,不仅汉唐不能企及,明清也不能超越。

北宋都城开封,南宋都城临安(杭州)都是具有百万以上人口的大都市。"夜市直至三更尽,才五更又复开张。如耍闹去处,通晓不绝。"[1]"大抵诸酒肆、瓦市(集娱乐、游玩、交易为一体的场所),不以风雨寒暑,白昼通夜,骈阗如此。"[2]南宋都城临安的夜市与北宋都城开封相比有过之而无不及:"杭城(即临安)大街,买卖昼夜不绝,夜交三四鼓,游人始稀。五鼓钟鸣,卖早市者又开店矣。"[3]东京的主要街区都有夜市,店铺林立。朱雀门外尤以"州桥夜市"与"马行街夜市"两处较大,

---

[1]〔宋〕孟元老:《东京梦华录》卷三《马行街铺席》,中华书局,2006年。
[2]〔宋〕孟元老:《东京梦华录》卷二《酒楼》,中华书局,2006年。
[3]〔宋〕吴自牧:《梦粱录》卷一三《夜市》。

东大街也是"街心市井,至夜尤盛"。即便是禁地皇宫周围也有酒楼、店铺。宋仁宗时酒楼半夜作乐喧嚣声甚至传入皇宫内。[1]开封和临安遍布商品交易、娱乐、服务性场所或机构,其中在夜间经济中扮演重要角色的是酒楼、茶肆、邸店(客店)、塌坊(仓库)、瓦舍(瓦子)、妓馆,经营项目是餐饮、住宿、百货、批发商的仓库。

2.夜市的类型:定期、定点的夜市遍及全国城乡

定期集市夜间经济有三类:一是在都市固定的地区有定期市。如开封大相国寺,"每月五次开放,万姓交易",通宵达旦。二是专门性商品的定期集市,如有灯市、药市、蚕市、花市,往往形成较为长久的传统,延续数十年、百年不变。每次都能汇集四面八方的商贾、客旅,交易、游玩,夜以继日,甚为兴盛。三是有许多伴随着村落共同体的土地神和佛教、道教等寺庙的祭礼而举办的庙市。庙会、庙市交易时间长,往往延及深夜,交易的商品多是特产品,由长途贩运而来。

---

[1]〔宋〕施德操:《北窗炙輠录》卷下。

宋代的时候还出现了众多的节日夜市。宋代节日很多，有官方确定的节日，如圣节（皇帝和太后的生日）、元日（又称正旦、新年）、上元节（正月十五、元宵节）、中和节（二月初一）；有节气性节日，如立春、清明、立秋、立冬、冬至等。此外，还有一些传统的节日，如端午、七夕、中元（七月十五日）、中秋、重阳、腊八、除夕等。另外还有宗教性节日，如佛日（四月初八）。据庞元英的记载，"祠部休假，岁凡七十有六日"[1]。重要节庆日一般都有庆典、商贸、娱乐、休闲活动，往往延续至夜晚。如正月初一"开封府放关扑三日。士庶自早互相庆贺……向晚，贵家妇女，纵赏关睹，入场观看，入市店饮宴。惯习成风，不相笑讶。至寒食、冬至三日亦如此"[2]。上元张灯，唐朝岁不常设，宋太宗时不禁夜，"观灯之盛，冠于前代"。

3. 夜市的分布

宋朝南北方都城州县夜市多分布在水陆交通线和商业型城镇。如杭州，"其富家于水次起造塌坊十数所，每

---

[1]〔宋〕庞元英：《文昌杂录》卷一。
[2]〔宋〕朱弁：《曲洧旧闻》卷七。

所为屋千余间，小者亦数百间，以寄藏都城店铺及客旅物货"[1]。而在州县城、镇市和草市等市场街、村市和虚市等农村场地，以及村落内，还有州县城之间二三十里的地方，虽然塌坊、邸店的规模不及大城市的那么大，但也确实都分布有兼营住宿和仓库的客店、邸店或仓库业、停塌家。客店、邸店、店户、牙铺（中介）是来往于乡村、州县城客商与乡村、州县城生产者、消费者之间的服务桥梁。

4. 夜市的财政贡献

宋朝发达繁荣的夜间经济为国家财政提供了巨大的利源。譬如宋朝的酒茶课额一般可达2000万贯，其中来自夜间经营收入的份额可能不低于30%。夜间经济整体在国家财政货币收入总额中所占比重，保守估算应在5%至10%之间。

（二）唐宋之际市籍制、市制的演变

宋以前夜间经济不能有大的发展是与汉唐市籍制和

---

[1]〔宋〕耐得翁：《都城纪胜·坊院》。

市制的束缚分不开的。汉代市籍制是限制城市居民特别是工商业者的一种身份制度，一方面录载市籍的工商业者身份低贱，另一方面限制没有录在市籍之内的行商、坐贾、逆旅以及从事副业的农户经营商贸活动。

唐朝的市籍制虽然比汉代的市籍制有所松动，但是在将商贾登录于市籍、市籍远役、市籍家属不得籍名田、工商异等、农工不迁、市井之子三代内不居官吏等方面，都打上了汉代市籍制传统的烙印。唐代市籍登记的市肆只限于土户，换言之，在"市"内可以开设店铺的土户商人在市署登录为市籍，不在市籍之内的行商逆旅依然被排除在外。显然市籍制的种种规定无不贯穿着抑制工商的思想。唐朝的市制还包括坊、市隔离制度和宵禁制度。唐朝实行坊制，城内部根据道路直角画成正方形区域，即所谓坊。每一个坊有围墙，早晚关闭，维护夜间治安。唐代的市指定日相会交易之所，即常设店铺，多数店铺群集一处，则为商业区域，即大都市之"市"。同业商店集于同一街巷。"街市内货财二百二十行，四面立邸，四方珍奇，皆有所积。"[1]可以说，市籍制与市、坊的隔离制是唐代城市发展中特定时期封闭的市场体制的伴生现象。

但是这种封闭的市场体制自唐中叶开始渐趋松动，走向衰落。首先是坊、市隔离制度在唐末五代的崩溃。20世纪30年代，日本学者加藤繁归纳宋代城市市场形态时说："到了宋代，作为商业区域的市的制度已经破除，无论在场所上、时间上，都没有受到限制。商店各个独立地随处设立于都城内外。以前存在于市的内部的同业商店的街区，到处看到超越了它的旧的限界。定期市在同业商店的街区以及交通便利的河畔、桥畔等处繁盛地举行。利用寺观或其他地方一旬举行几次或一年举行几次的定期市也时常举行。仓库也随着方便，自由设置。"

坊、市分离制度的崩溃又加速了唐末五代市籍制退出历史舞台，城市居民有了"坊郭户"的新名称。宋朝城镇坊郭户分为主户、客户，包括经营大小商铺的坐贾，

---

[1]〔宋〕宋敏求：《长安志》卷八。

手工业作坊、各种服务性行业中有产业的民户和无产业的民户。划分主户及区分户等的标准是根据房廊、邸店、停塌、质库、店铺的房产和营运钱的情况。城镇坊郭户分为十等，他们取得了在街市自由开设店铺的权利。

随着市籍制以及坊、市隔离制度的破坏和衰落，唐朝"京夜市，宜令禁断"[1]。宋朝建立之初执行唐朝的制度，凡闭门鼓响后及开门鼓未响前，行人皆为犯夜。"笞二十，有故者不坐。"[2]宋代中期之后有了根本性的改变，政府允许民众夜晚出行购物、娱乐，宋太祖乾德三年（965）就颁敕令京城："夜漏未及三鼓，不得禁止行人。"[3]宵禁时间也延长至三更。宋真宗朝以后夜间营业，不关坊门，警示坊门的街鼓已不再敲响。"不闻街鼓之声，金吾之职废矣。"[4]宋徽宗时期，随着侵街建筑的合法化，夜市的范围更加扩大。从此，东京城内普遍出现了"夜市"与

---

[1]〔五代—宋〕王溥:《唐会要》卷八六。
[2]〔五代—宋〕窦仪等:《宋刑统》卷二六。
[3]〔宋〕李焘:《续资治通鉴长编》卷六，太祖乾德三年四月壬子。
[4]〔宋〕宋敏求:《春明退朝录》卷上。

"早市",居民生活更加丰富了。

(三)宋朝商品经济和消费市场的大发展

通常是在物流发达、商品交易频繁的条件下,夜间经济才能既补充白昼经营之不足,又满足夜间消费生活的持续需求。宋朝商品经济的大发展为消费市场提供了强有力的支持。

1. 商品经济与商业的发展

唐中叶以来,商品经济有了长足的发展。至宋代,随着政局的安定,农业、手工业的发达和进步,商品经济进入一个快速发展的阶段。

宋代商品基本上是由生活资料性质的和生产资料性质的两类商品构成的。生产资料性质的商品诸如铁制和木制的各种农具,犁、耙、镬、锄、镰刀、耘荡、锄柄、辘轴等,以及刀、剪、针、水车、舟、船、车之类,大都使用于生产上。生活资料性质的商品:一食二衣,这是人类的两大基本需要。米面和布帛,是宋代最重要的两大商品构成,在整个贸易交换中占很大比重。此外,在宋代,珠、玉、犀、瑁、盐、茶、酒、木材、高级丝织品等商品产销较唐代有较大增长，且多是长途贩运的重要商品。

随着市场和长途贩运的发展，各种产业日趋向地方集中。宋代商品的流通和交换已经形成四个大的区域市场：以开封为中心的北方区域市场、江南区域市场、川峡诸路区域市场和西北区域市场。四个市场除在本域互通有无之外，北宋时商品多流向开封，因而表现了商品从南至北流向这一特点。

大的区域市场的形成和城乡贸易、海外贸易的发达，促进了全国性商品流通和社会分工的新发展，加上官僚迁转赴任、军队轮守换防、公文邮递驿传、士人赴考旅行等数量的增加，极大地刺激了陆路、内河、海运等交通运输业的大发展，这是京城、州县城镇、交通线、商品集散地以旅店、仓储、酒楼、茶肆为主要经营内容的夜间经济兴盛的又一重要原因。

2. 大众消费的多样化

在宋朝无论城市还是农村，都把米、盐、茶、油、酢、豉、菜、薪炭视为生活之必需品，宋以前亦然。但是除了必需品外,宋朝人也将酒、姜、胡椒、砂糖等列入嗜好品,尤其是米、茶、胡椒,大致是宋代以后才普及的食品。所以大众消费内容变得丰富多彩,是从宋朝才开始的。

大众消费的普及,从流通过程譬如农村市场交易的实例也可得见。当时被征收商税和不作为征收商税的"民间日用之物"的村落市场交易品有米、麦、粟、菜、豆、水果、鱼鲜、猪、鸡、鸭及麻、楮、农具、酒、盐、茶、薪等,还有纸、扇、竹、木、箔、油、炭、曲、布、絮、牛、柴、面、布、席,等等。

奢侈消费下移。在宋代以都城和州县城为生活居地的权贵、士大夫、富民的奢侈消费增大,并很快向庶民中间浸透。大众的消费,不管城市、农村,基本的日常必需品更加多样化,物流大为增加,市场购买力大幅提升。

3. 宋代的海外贸易发达

宋朝出口商品种类颇多,向高丽、日本及南海诸国输出了铜钱、银、谷物、奢侈织品、香料、书画、木材、书籍、文具、瓷器。其中最有特色的则是瓷器、丝织品和铜钱三项。《宋史》互市舶法就明确说:"凡大食、古逻、阇婆、占城、勃泥、麻逸(菲律宾古国之一)、三佛齐(苏门答腊岛上古国)诸蕃并通货易,以金银、缗钱、铅锡、杂色帛、瓷器。"

陶瓷具有易碎的特点,只有在海运发达,其产量大和出口品种较多,有利于装载情况下,它始能成为大宗出口商品。宋代已完全具备大量外销陶瓷的条件。"船舶深阔各数十丈,商人分占贮货……货多陶器,大小相套,无少隙地。"

最为特殊的是铜钱。一般说来,世界各地传统是用金银作为货币。然而中国自秦汉以降多以铜钱为货币,金银只是辅币。造型象征天圆地方的方孔圆钱,铸以汉字,又形成了特殊的铜钱文化。世界许多地方和国家"蕃夷得中国钱,分库藏贮,以为镇国之宝。故入蕃者非铜钱不往,而蕃货亦非铜钱不售"。东自日本,西至东非,都接收宋朝的铜钱。南宋晚期,日本商人为了获取铜钱,不惜血本:"倭所酷好者铜钱,而止海上;民户所贪嗜者,倭船多有奇珍,凡值一百贯文者,止可十贯文得之;凡值一千贯文者,止可百贯文得之。"[1]故宋人称"四夷皆仰中国之铜币"[2]。

(四)宋朝施行的财经政策是夜市兴盛的重要原因

中国古代财政政策一般都以量入为出为原则,只有宋朝是量出为入,这与唐中叶以后的兵制变革密不可分。

1. 专卖制度

自唐中叶均田制瓦解,建立在均田制基础上的府兵制也随之失去了赖以存在的根基,因而从唐中叶开始渐次实行募兵制,到了宋朝募兵制完全取代征兵制。由招募而来的国家常备军数量从宋初的二十余万到北宋中期以后超过百万,养兵费用常占国家财政支出的七八成,达四五千万贯之巨。为了增加财政收入,宋廷差不多是中国历代王朝中自始至终唯一一个对绝大多数重要商品施行专卖制度的政府,尤其是盐、茶、酒、香料、醋、矾等大宗事关民生的商品,专卖力度更大。

宋朝的专卖制度有三个特点:

一是经营方式自北宋中期以后主要采取官商结合。

---

[1]〔宋〕包恢:《敝帚稿略》卷一《禁铜钱申省状》。
[2]〔宋〕李焘:《续资治通鉴长编》卷二八三,熙宁十年六月壬寅。

利用市场机制推行专卖,出现了类似于现今的招投标制度,即买扑制。买扑制实际上是一种包税制,买扑制广泛存在于宋代经济的各个领域,如买扑墟市,买扑税场税铺,买扑江河津渡,买扑祠庙,买扑陂塘,官营田地,官卖户绝田、盐、酒、醋、坑冶。"所谓扑买者,通计坊务该得税钱总数,俾商先出钱与官买之,然后听其自行取税,以为偿也。"由官府核计应征数额,招商承包。包商(即买扑人)缴保证金于官,取得征税之权。后由承包商自行申报税额,以出价最高者取得包税权。

二是以最大化攫取专卖利润为原则,采用赏格法、磨勘法等奖励机制鼓励产销。"今茶盐酒税监当之官,法已详矣。登格者有赏,亏损者有罚。人非木石,谁不自励。"[1]宋政府为增加专卖收入,采取一切可以利用的市场竞争方式,如设法卖酒,就是利用妓女襄助经营,刺激消费而达到增加税收的一种方法。"今用女倡卖酒,名曰设法。"这种方法至迟在宋仁宗时就已出现。宋神宗熙丰

---

[1]〔宋〕华镇:《云溪居士集》卷二四。

以后至南宋广为流行。明人凌濛初在《二刻拍案惊奇》中说:"宋时法度,官府有酒,皆召歌妓承应,只站着歌唱送酒,不许私侍寝席。"

三是放开零售批发市场,鼓励多产多销。譬如对酒的专卖就是"惟恐人不饮酒"[1]。官酒务(酒库、酒楼)各有指定的拍户,拍户也称"泊户""脚店",主要是私商小贩或特许的酒户。拍户各有指定销售地界,如开封城内的白矾楼就有30家拍户。《东京梦华录》记载东京城有72家大酒楼,在《清明上河图》上就绘有正店、脚店。拍户、脚店遍布东京城各个角落。因此酒楼"夜市尤盛"[2]。南宋建炎以后有俚语云:"欲得富,赶著行在(杭州)卖酒醋。"[3]其他专卖品也可以此类推。

2. 对外贸易利润

从唐玄宗开元二年(714)开始设置市舶使,到宋太祖开宝四年(971)设置市舶司,均是中西交通史上带有

---

[1]〔宋〕吕祖谦:《历代制度详说》卷六。
[2]〔宋〕孟元老:《东京梦华录》卷二。
[3]〔宋〕庄绰:《鸡肋编》卷中。

重大变革意义的历史事件。市舶使和市舶司的设置既是国家逐渐垄断海外贸易的表现，也是海外贸易开始纳入国家财政一部分的举措，从而结束了汉唐海路朝贡贸易不计入财政的历史。

唐朝中期市舶使的设置是与对海路通商进行征税分不开的。宋朝继承唐制，在重要贸易港口设立市舶司，市舶司的主要职能之一是负责对舶来品抽税和博买。抽税和博买制度在宋代并非固定不变。抽税是征收进口税，即宋人所谓的"抽解""抽分"。税率大致在二十分之一至十分之二之间。但是，唐中叶以后至宋朝，海路贸易在国家财政收支中所占比例并不算高。

宋朝海路对外贸易在国家货币收入中所占比重，从北宋中叶的50多万增加到北宋末的120万（贯、匹、两），而北宋中期以后国家货币收入达5000万至6000万（贯、匹、两），大致占1%~2%。南宋初期市舶司收入估计在150万缗，占建炎末绍兴初3000万的5%左右，这是宋代市舶司收入占国家财政货币收入的最高峰值，其后大约不超过3%。虽然市舶司收入在国家财政所占比重不高，但是按照宋人所谓的"抽解""抽分"，税率大致在二十分之一至十分之二之间的平均值来计算其交易规模，却是另一番情景。从北宋中期到北宋后期、南宋初期海外贸易交易额大致在600万贯至1400万贯，南宋中后期则在2000万贯以上，这在仍以自然经济占主导地位的宋代来说，规模是相当可观的。明朝前中期、清朝大部分时间实行海禁，即使民间局部开放海禁，对外贸易也不是国家行为，这与两宋截然不同。宋朝不仅不禁海，而且招募商人出海。宋太宗"雍熙中，遣内侍八人赍敕书金帛，分四路招致海南诸藩。商人出海外藩国贩易者，令并诣两浙市舶司请给官券，违者没入其宝货"。文中的"招致"即招能够和愿意出海的商人，诏令后面的话已明确是政府对出海商人进行登记和管理。这一积极鼓励出海并进行有效管理的政策为其后历朝宋政府所承袭。而明清时期对外贸易仍实行的是朝贡贸易，大致贸易利润不会计入国家财政收入。

总之，在宋朝财经政策引导下，社会的营利思想有了很大改变，蔡襄说："凡人情莫不欲富，至于农人、商贾、百工之家，莫不昼夜营度，以求其利。"[1]司马光也说："无问市井田野之人，田中及外，自朝至暮，惟钱是求。"[2]孙升更是形象地说："城郭之人日夜经营不息，流通财货，以售百物，以养乡村。"[3]南宋杭州的商业买卖，"其夜市除大内前外，诸处亦然……百色物件，与日间无异。其余坊巷市井，买卖关扑，酒楼歌馆，直至四鼓后方静"[4]，"卖早市者又开店矣"[5]。

（大道知行讲堂公益讲座，总第38场）

[1]〔宋〕蔡襄：《蔡忠惠文公集》卷二九《福州五戒文》。
[2]〔宋〕李焘：《续资治通鉴长编》卷二五二，神宗熙宁七年四月甲申。
[3]〔宋〕李焘：《续资治通鉴长编》卷三九四，哲宗元祐二年正月己卯。
[4]〔宋〕耐得翁：《都城纪胜·市井》。
[5]〔宋〕吴自牧：《梦粱录》卷一三《夜市》。

厓山之后宋朝历史书写的演变

尊敬的肖院长、尊敬的主持人,各位老师、各位同学:

下午好!我今天非常荣幸能够到千年学府来汇报一下我近几年的研究心得。岳麓书院在宋朝就已经很了不起了。我的祖籍是四川绵竹,南宋的张栻曾是岳麓书院的执教,他是绵竹人,我们是老乡。现在绵竹还有南轩大道,还有一个南轩学校。所以到这里来讲学会感到更加亲切。

今天来了不少的朋友、同学,大家可能很关心一个问题,就是是否"厓山之后无中国"。其实我要做的这个讲演,也与这个有一定的关系。当然,做宋史的人也应该回答这个问题,但是好像在网络上或者在其他地方,专门做宋史研究的学者还没有很认真地回答过这个问题。我对这个问题做一个穿插性的回答,主讲的还是从元明清到现在对宋史的认识。我今天主要讲四个主题:一个是元明清人眼中的宋朝历史;再就是19、20世纪之交,宋代近世说的近世指向；第三讲宋朝是一个"积贫积弱"的国家吗？第四讲21世纪以来，对宋代历史的新评价。前面讲到宋代近世说，是讲19、20世纪之交，现在是21世纪，又过了将近20年了，其实对宋史的评价差不多有一百年了。

一、元明清人眼中的宋朝历史

"厓山之后无中国"，这里的"厓山"主要是指"厓山海战"，因为它的规模很大，是一个很重要的事件。这个内容不说了，因为我们是讲"厓山"之后，就顺便提一下"厓山海战"。我这里要讲的有意思的是，带领元军的将领张弘范和带领宋军的将领张世杰，都是河北保定人，而且他们住得很近。张世杰当年也是在张弘范的父亲手下供过职，当时是在南方，这个很有意思。这场海战由于张世杰指挥失误，导致宋军在兵力占优的情况下大败。但这是从这一场战争中的兵力来看，宋人聚集得比较多。从整个国势来讲，宋朝已经是风雨飘摇了。虽然后来的史书讲，如果这场战争取得胜利，宋朝是不是还可以延续？即便延续，最多是再往海上跑，基本上不能改变这个格局了。厓山海战是长达45年之久的宋蒙元战争的最后一战。其实蒙古开始打南宋，应该更早一点，在打金的时候，它就已经和南宋有过接触。所以我现在一般讲，南宋抗元（包括蒙古）应该是70年，在这个地方讲45年，就是1234年，金朝被元朝灭亡以后，到1279年，正好是45年，其时元朝把全部的精力都投入到打南宋中了。这场海战的失败，也标志着积弱不振的南宋王朝的最后覆灭，宣告了长期南北对峙局面的结束，宣布重归统一。

在讲元明清的时候，首先要讲《宋史》的盖棺论定。因为宋朝灭亡以后，到《宋史》修成，又是几十年近百年的时间，肯定还有很多人的议论，但是最有代表性的应该是《宋史》。而且在古代的时候，我们国家的正史就是对前一朝历史的盖棺论定，它的撰写和评述代表着官方意见。而我们国家从古到今，官方的意见应该是主流意见，所以有一些民间的意见是另当别论的。厓山海战以后，南宋很快灭亡了，元朝的大臣，上书就说"国可灭，史不可灭"。其实在金朝灭亡的时候，也有这样类似的表述。当时元朝也开始在搜集金朝的史集，但是还没开始编。当南宋灭亡了以后，元世祖就下诏修辽、金、宋史。忽必烈之后，历朝也都在下诏令，说要修辽、金、宋三史，可是一直都没有修成。中间的原因，有一些大臣总结过，说是经费不足，还有一个是旧史多缺，可能主要是指辽、金。从我们现在看到的宋的实录和国史来讲，在宋宁宗嘉定以前，即在南宋灭亡70年之前的时候，国史、实录都是比较完备的，包括日历都是完备的。但是嘉定以后的材料是不够多的。元朝人在修元史之前也下过几次诏，在全国范围之内征集传记、资料、文献，为修史做准备。这是因为旧史不足，有些缺遗，还有就是史才不足。应该很公正地说，当时蒙古人打天下的时候，他们不太注重文治。比如说对成吉思汗的记录都不是太多，忽必烈之后的文献才慢慢多起来。你想，他们自己的本朝历史、他们本民族英雄的事迹都不是太多，这很可能与史才的不足有较大的关系。这是由几个方面的因素造成的。

最主要的是以辽、金为正统，还是以宋朝为正统，争论不休。从汉到宋，一般来讲，虽然也有少数民族入主中原，比如说北魏，包括10到13世纪有辽、金，也都入主中原或者占领半个中国，但是从修史的角度来讲，一般是以汉族政权为主。现在，摆在面前的是以辽、金为正统，还是以宋朝为正统。作为辽、金的后人，或者作为元朝、蒙古的史学家，他们基本上比较倾向于以辽、金为正统；而汉族的史学家或者修史的人，主张以宋朝为正统。另外，还有一个背景，我们下面还会讲到宋朝的经学，或者宋朝的理学思想、宋朝的文化，元朝人到了元朝中期以后才比较认真地对待，以前他们不是很认真地对待。当时具有三种说法：一种是以辽、金为正统，把南北宋附在辽、金后面；第二种意见，就是以宋为正统，把辽、金附在宋的后面；第三种意见就是学《三国志》，统编到一块，三国一起做。这三种意见争论不休。一直到了1343年前后，元顺帝命丞相脱脱来主持这个工作的时候，他明确指示"三国各予正统"，他这个"各予正统"跟修《三国志》不一样，《三国志》是成于一人之手，是根据朝代的时间先后来编撰，所以它跟《三国志》不一样，跟前面的三种意见都不相同。这一决定彻底打破了以汉族政权为正统的传统观念，为后来的明朝掀起重修宋史和研究宋史的高潮埋下了伏笔。

《宋史》有四百九十六卷，约五百万言，现在中华书局排印的是四十册。如果算上《清史稿》应该是二十五史，若不算《清史稿》，《宋史》是二十四史中部头最大的。虽然在编的时候也有很多的疏漏和问题，但它对很多问题也有评价，这个在很短的时间里，是不可能一一做梳理的。我们在这里只能讲宋代历史最重要的两个问题，它的评价也影响后代。《宋史》修好后有个《进宋史表》，主要是工作完成以后，要向皇帝报告做了什么事，有什么内容。《进宋史表》中特别值得注意的，就是对于宋代的历史做了两个基本评价。

第一，对宋代的经学，特别是程朱理学做了高度的肯定。我在这里引用它的原话，"矧先儒性命之说，资圣代表章之功，先理致而后文辞，崇道德而黜功利，书法以之而矜式，彝伦赖是以匡扶"（《进宋史表》）。虽然只是几句话，涵盖的内容却非常广泛。"矧先儒性命之说"，现今学界对"性命之说"有很多的讨论，但是关于人和国家立身立国的最根本的学说,是从孔孟而来的。"资圣代表章之功","圣代"是对于当代的谀称,其实就是从宋人的角度对宋代历史的表彰。"先理致而后文辞",其实就是说做各种事情,先讲道理,道理讲清楚了,才能够讲文辞,才能讲其他的方面。这一点,特别是宋以后,就是程朱理学讲的要讲道理,很多问题要先讲清楚。这也是从宋太祖的时候就问过的问题,大臣说:天下谁最大?如果是明清的人,一定说皇帝最大,汉唐估计也会这么说,但是宋人对皇帝讲的是道理最大。我们现在讲的"道理",其实也与道学、理学有很大的关系。"崇道德而黜功利",这个主要是社会的行为规范,是"义"为先还是"利"为先?虽然孔孟非常强调,一定是"先义后利",但在汉唐的时候,是不是完全被遵守了?没有。宋儒就非常强调这一点,也就是社会行为、社会规范各个方面。这是宋人的说法。"书法以之而矜式",这个"书法"当然不是我们写书法的"书法",更多的是讲修史处理材料、评论、褒贬都应该有一定的规范,有一定的原则。我们现在讲史学是一个边缘学科,但是在古代,有经、史、子、集,"史"是跟"经"配的,且

"史"的地位是非常高的。"史"既是历史,也是政治,所以在这个地方要讲"书法",其实就是说很类似于现今要按一定的理论和要求去书写。"彝伦赖是以匡扶","彝伦"可以说是选择惯例,也可以说是国家要经常讲到的大道、天道,或者是我们说的天下的正义,由此匡正扶持。虽然是几句话,但是涵盖着从中国人的角度来理解文化或者理解国家的渊源。当然,这是史家修史的时候表彰程朱理学,但是他所讲的那些东西,是他希望元朝人或者是将来的人,读《宋史》的人去仿造。实际上研究《宋史》的人会知道,他说的那个话,百分之五十,一定是空洞的,是不现实的。比如说"崇道德",正是因为王安石变法,功利在前、道德在后,程朱理学非常反对这一点,希望能够恢复到儒家的义为先、利为后。但是王安石自己在处理财政的时候,说为天下理财就是最大的义。他对"义"有自己的解释,那另当别论。

这段话与《宋史》在《道学传》序言中间的一段评语,讲得都很有意思。"此宋儒之学所以度越诸子,而上接孟氏者欤。"有人说宋朝当时打仗不行,但是气魄很大。

按照宋人的说法，中国的学说、政统、道统，从先王一直到周公、孔子，到孟子这个地方就断了。政统，周公之后没有很好地继承；道统，孟子之后没有很好地继承。所以把汉唐都给否定了。就是说从宋人开始，从"二程"开始，接续孟子，是宋人接续了被中断的学说、政统和道统。"其于世代之污隆，气化之荣悴，有所关系也。"说这种学说关系到人类物质社会等各方面，关系很大。"道学盛于宋，宋弗究于用，甚至有厉禁焉。"(《宋史·道学传》) 北宋的时候，宋徽宗有元祐之禁，到宋宁宗的时候，有庆元党禁，都是针对道学的。一般讲理学，也会讲到宋学、道学，这些都是专有名词，但是《宋史》中讲"道学"，用后来的话讲，主要是讲程朱理学，当然思想史方面还有不同的争论。理学，很多的学者认为宋朝其实不管是王安石、苏轼、司马光，还是"二程"、朱熹，他们的理论都是理学，因为他们都是在讲义理之学。但是朱熹认为"二程"直接继承了孔子的"性命之说"，他认为王安石、苏轼这些人，都不一定能够做得好。我们所说的正统、道统、道学，这个很重要，其实就是讲的从周惇颐、

"二程"、张载，一直到朱熹，讲的就是道学。这个学问，以及前面《进宋史表》的那段话，实际上是表彰道学的思想。道学的希望、道学的理想，宋朝没有用，后来会有好处，这个也确实被《宋史》所预言，确实是对的，后来明清非常重视程朱理学。

这就是《进宋史表》对程朱理学的高度肯定，也与元朝从中期以后，从武功向文治过渡以后，慢慢地接受大臣们的建议，也是尊孔孟，把朱熹的学说定为国是，这个是一脉相承的。元仁宗延祐二年（1315），元代第一次开科举制，元统治者要求将《四书章句集注》作为参考。这个是朱熹最重要的著作，他虽然有全集、有《朱子语类》，但是对于朱熹个人来讲，这是他最重要的著作，他临去世头几天，还在看这个稿本，还在不断地修改，所以《四书章句集注》是朱熹非常看重的。由此我们也会知道中国的儒学，汉唐有"五经"，然后王安石有《三经新义》，但是后来没有立起来。随着北宋的灭亡，《三经新义》也就没有延续下去，但是"四书"从"二程"提倡，一直到朱熹。后来明清讲儒家经典是"四书五经"，从这个角度来讲，明清在儒家的经典上、经学上，没有多少新贡献，当然这是从官学角度而言，王阳明的心学另当别论。虽然现今学界对王阳明的心学讨论得很多，但是从官方的立场上来讲，它还是不能跟程朱理学相抗衡。《四书章句集注》也就包括了程朱理学在明清时代延续的模式，这是抓要点、抓要害评价宋史，元朝史臣认为这是最出彩的地方。

《进宋史表》中第二个方面的评价，也是对宋朝入木三分的评价："至若论其有弊，亦惟断以至公。大概声容盛而武备衰，论建多而成效少。"就是说宋人不管是礼节还是活动，规模、声势都很浩大，大臣们议论纷纷，后来有一个说法——"宋人好议论"大概就是很好的概括。宋人说得多、做得少，所以接下来讲"武备衰"，就是讲宋朝"积弱"。北宋养兵是八十万到一百万，到南宋是六十万，养兵之费差不多占到国家财政货币收入的百分之七八十，所以《宋史·食货志》序言里就讲到宋人对很多事情议论不休，皇帝也没办法依从，老百姓也不知道怎么去做，而且大臣们议论之后，自己也没有结论，这是比较典型的"论建多而成效少"。这是《进宋史表》的评价，也代表着元史臣在修《宋史》结束以后，对宋朝的最基本的评价：一是经学达到了新高度；二是武备弱；然后就是好议论，建立功效比较少。建立功效不论是大型工程，还是武备方面，做的都比较差。

元朝人刘岳申对《进宋史表》有一个解释，他说："宋视汉唐，内无女色阉寺之祸，外无强藩外戚之变，经学不为无功，而国势不免积弱。"（《申斋集》卷十五）说宋朝的内政比较好，跟汉唐相比"无女色"，当然这是旧史家编纂的历史，从帝王的统治角度，从上层往下层来看待历史现象的很多方面。这与20世纪以后历史观有很大不同，特别是引进了西方社会科学理论以后，历史观有很大的改变。在古代的时候，皇帝、皇室、皇族是历史叙述的主要方面，"无女色"，就是宋朝没有像吕后、武则天一样弄权的人，也不会像唐朝宫廷里面有绯闻。"阉寺之祸"就是宦官专权。其实从秦始皇统一中国，一直到晚清，比较大的统一王朝之间，只有宋朝是重外廷而轻内廷，别的朝代，汉唐明清都是重内廷。内廷就是内宫，就是皇室、外戚、宦官，等等，用内宫来制约外朝的士大夫，把外朝的士大夫作为棋子，至少没有放到跟内廷同等重要的地位。应该说这是宋朝跟汉唐明清不一样的地方。宋朝的宦官，到南宋的时候只有几十个人。我跟研究明清史的人探讨这个问题，他们会问皇帝平时的宫廷，由谁来打扫？因为清朝的宫廷里有一两万人，宦官要到地方去监视，发展到高峰的时候，甚至有十万人。宋朝宦官只有几百人，怎么打扫宫廷？我说宋朝市场很发达，政府出钱雇人来做，或者是由服兵役的不打仗的地方军来做，与明清很不一样。"外无强藩"，宋太祖、宋太宗建立宋朝的一个最重要的措施就是防范唐朝的藩镇。为了防范"外戚之变"，宋朝的外戚做到宰相的只有一两个人，像南宋韩侂胄是外戚，赵汝愚是宗室，外戚和宗室中很少有人做到他们的位置，但是在别的朝代，外戚做大官的人很多。宋朝会给这些外戚很丰厚的利禄，经济上给予好处，但是政治上，他们尽量少来干预。"经学不为无功"，经学很有建树，"国势不免积弱"，基本上是元朝对宋史的盖棺论定。

元朝对宋朝的盖棺论定，大致也影响了明清人对宋代历史的认识。《宋史》修纂成书没有几年，元朝就被明朝取代了。明朝对于宋代历史的认知，除了继承《宋史》的看法以外，又有新的动向。我刚才讲了《宋史》实际上既是史书，又是官方政治文件，就是盖棺论定的评价。但是明朝的评价也有自己新的变化，表现在四个方面：

第一，明朝是在推翻元朝统治基础上建立的汉族政权，因而明统治者在承认华夏民族、天下一统的同时，特别强调对宋朝历史文化的认同和继承。朱元璋他们也提出了"驱逐鞑虏"，要把少数民族赶下去，当然他们要恢复的就是宋朝的天下。与建立民国的时候，有着相似的背景。清朝灭亡前夕，革命党人也提出了"驱逐鞑虏"。这是从整个大背景来说。另外，《宋史》修纂的时间比较仓促，而且我们知道宋代留下的文献，比此前所有朝代留下来的总和还要多。而编写历史不能让政府干预太多。像宋朝，光宋高宗一朝的日历就有两千卷，当时所谓的日历不是现在的历法的日历，历法的日历在古代叫历日。日历是记录皇帝每天做的大事的编年史书，有一两千卷，然后在日历的基础上再编写实录，实录之后再编国史，这是汉唐没有做到的，明清也没有企及。正因为有这么多的材料，元朝史臣几年就将《宋史》修成了。清朝人修《明史》修了九十多年，《宋史》虽然说是从下令修纂开始算起也有七八十年时间，可是真正投入编写的时间，就是那么几年。因为时间仓促，内容不免繁芜，受到史家的非议，很多人都想重修宋史，故而重视研究宋史成为明代史学的一大特色。当然这是一个方面。还有前面提到的，因为辽、金、宋都各为正统，明朝士大夫感到特别愤愤不平，怎么能把"鞑虏"也作为正统？只有奉宋朝为正统！并说他们要改修过来，但是实际上几乎没有成功之例。据研究，有明一代共产生了一百二十三种宋史著作，现存的有六十二种。这个是吴漫女士在其博士论文《明代宋史学研究》中统计的结果。这是第一个动向。

第二，与元朝统治者相同，朱元璋也以程朱理学为明朝的统治思想，多次昭示天下，"一宗朱氏之学"。朱氏就是朱熹，朱熹和朱元璋是本家，也有很亲的关系。"令学者非五经、孔孟之书不读，非濂洛关闽之学不讲"，"濂"是濂溪，就是指周惇颐；"洛"是洛学，就是指"二程"；"关"是关学，就是指张载；"闽"就是朱子，虽然他祖籍是安徽，但是他的成就和他的学术是在福建。先读孔孟的书，接着就是程朱理学，因此科举、教育与经学进一步地紧密结合，这是宋人的理想在明朝实现了。科举考试在唐朝以诗赋为主，虽然也考经，就是贴经、背经，死记硬背那些条文就对了。到了宋人那里，从范仲淹庆历新政开始就要改革，但是没有成功。范仲淹提倡考试一定要考经术，要用儒家的经条来治理社会。范仲淹这么做了，但不太成功，到王安石就彻底推行了。现在讲的科举、教育、经学一体的始作俑者是王安石，但是王安石不完全同意只从科举一个途径来培育人才。他说，经过一次考试，这个人就能治理国家吗？不可以，必须要恢复学校。王安石讲的学校不是汉唐的学校，而是所谓的"先王"，至少是周公之前，就是尧、舜、禹时候的学校，要把科举、教育和经学结合在一起。宋朝的学校教育在王安石时期的教材有《三经新义》，还有他搞的升留级制度。到了宋徽宗，也曾用学校直接培育做官的人，但是学校培育人，尽管方法很好，到选拔任用的时候，就遇到一个权力腐败问题，到底谁的孩子能上来？这个是否公平？科举就好比我们现在的高考一样，现在虽然有很多人都在议论，高考有那么多的弊端，但它是唯一的、公平的，考试面前人人平等。宋朝基本能做到考试面前人人平等，但是选拔人才不能只依靠科举考试，一次考试就要成功，这样做是不可以的。但是只依靠学校教育而不经过考试的做法也不太成功。后来学校教育与科举相结合这个做法到明朝就实行了。科举考试的人，首先要经过学校推举，或者参加学校的考试，考完以后，推上来的人再去考秀才，再经过三个阶段的科举考试，学校学的是经学，科举考试考的是经学，所以说科举、教育与经学进一步地紧密结合。按照李约瑟的说法，中国的人才选拔到了明清时期偏向人文，大概是与科举、教育与经学有很大的关系。他认为中国的宋朝，是一个科学和科技非常发达的时期，但是后来到14世纪以后却停滞不前。李约瑟以为其中的原因，与明朝继承宋朝理学思想，主要是道学思想，影响到明朝的政坛、风俗、礼制等方面有关，清朝更甚。学界在这方面有很多的研究，这里就不多讲了。

第三，明朝人对宋文、宋诗、宋词、宋画的褒扬和批评，奠定了宋代文学艺术与汉唐并治的地位。比如说宋词，一般号称为宋代的一代文学之盛。汉代是文，魏晋以后是赋，到了唐是诗，宋是词，然后元代是曲，明清是小说。词是宋代文学成就最高的。当然现在也有人议论说，词不能作为民族史诗，怎么能作为宋代的一代文学之盛？歌儿舞女，稍微有一点慷慨激昂的词，但是大部分词句都是靡靡之音，怎么能代表宋代的民族史诗？我是比较同意这个看法的。宋词，单就其文学的艺术造诣来说是很高的，但是上升到国家这个层面，代表一代史诗的情况，我觉得宋词做不了。但是词确实是到宋达到了最高峰，大家现在还是比较认同王国维先生的看法。首先对词赞扬的是明朝。散文有"唐宋八大家"，"唐宋八大家"也是明代人确定的。当然一开始，可以追溯到吕祖谦的《宋文鉴》，《宋文鉴》已经开始把"三苏"、曾巩、欧阳修、王安石的文章收录得比较多了。到了明代初期、中期以后，正式提出"唐宋八大家"。应该说宋代的散文成就是最高的。虽然宋人的散文是学汉代，但是汉代散文留下来的比较少，宋代留下的比较多，而且后来元明清主要效仿的是宋的散文。对宋诗的评价，在明朝的不同的阶段、不同时代有不同的评价。有的人给宋诗以很高的赞扬，甚至说超过了唐诗，但是也有人说那种味同嚼蜡的诗，怎么能说好？因而对宋诗的评价很低。但是大多数人评价比较公允，即"宗唐崇宋"。而且从中国的诗歌史角度来讲，除了汉唐的乐府诗等之外，唐诗以下，宋诗代表了一个新时代，一种新风格。可以把唐诗比喻成少年，把宋诗比喻成中年。唐人是比较有激情的，宋人是比较有理性的，这是对宋诗的基本评价。绘画，现今所谓的文人画，是宋以后中国绘画非常重要的一支，后来的山水画、花鸟画其实都被吸纳到文人画之中，因为文人画是把诗、书法、画集于一体。但是文人画在宋代，一般来讲是在苏轼前后形成的，再早可以追溯到唐朝，如王维的诗中有画，画中有诗。但是它形成一个流派，或者形成一个气势和潮流的话，应该是在苏轼以后。当时宋人叫作士夫画，元朝人也基本上叫士夫画，叫文人画是在明代以后。所以你看宋文、宋诗、宋画，明朝人都给了它一个很高的评价，绝不亚于汉唐。毕竟北宋亡于金，南宋亡于蒙古，跟汉唐的文武并治不一样，但是明代还是对宋的文化给予了很高的评价。

第四,从历史分期来看宋朝。先看明朝人编的《宋史纪事本末》,编者是陈邦瞻,他从中国古代历史发展的大趋势角度出发,看到宋代是历史大变革时期。一般来说,历史分期都是西方人讲,其实在中国古代的时候,应该说也是有分期的,只不过我们不能像西方人那样对每一个时期或阶段,都有具体的特征定义,比如奴隶社会的奴隶制特征是什么,封建社会的特征是什么,资本主义制度的特征是什么,它有特定的内容。但是就陈邦瞻的三个分期来说,还是比较符合中国历史实际的,只是后来我们在反思日本"唐宋变革论"的时候,中国学者提出,发现唐宋之际的社会变革的看法,首先应追溯到《宋史纪事本末》。我觉得很好。这方面的研究学者,首先是已故的暨南大学教授张其凡先生,他最早把这个问题提出来,就是说不光是西方人、日本人在那里分期中国历史,我们明朝人就分期了。[1]

陈邦瞻在《宋史纪事本末·序》中说:"宇宙风气,

---

[1] 从分期角度引述《宋史纪事本末》序言的似首见于张其凡《关于"唐宋变革期"学说的介绍与思考》,《暨南学报》2001年第1期。

其变之大者有三：鸿荒一变而为唐、虞，以至于周，七国为极。"就是从远古时代到我们的先王时代，达到一个高峰，然后七国就是一个变局。岭头之处便是分水处，说七国就要变，应该与战国封建说很相似。"再变而为汉，以至于唐，五季为极。"就是汉和唐应该是相续的，差不多都是统一的时代，那么到了五季，又出现了一个极端的变点。"宋其三变，而吾未睹其极也。"变化还未告终，还在继续。而且讲到第三变，说宋代的变革不类似于以效法道德取胜的周朝。汉以后很多人讲周都要提及周公，他是古代政统的传承人和代表者，周成王、文王，也是被孔子表彰以道德取胜的楷模和代表。宋不完全是这样，也不类以效法功利取胜的汉、唐。宋人说汉唐是"霸道"社会，不是"王道"社会，是靠武力、强权来开疆拓土，引八方来朝。陈邦瞻说宋既不像周，也不像汉、唐，而是"举一世之治而绳之于格律，举一世之才而纳之于准绳规矩，循循焉守文应令，雍容顾盼，而世已治"。这里特别强调的是制度在治理国家和管理人才、人事方面的重要性。其实也就是强调宋代三百年的文治，主要表现在社会内部的稳定上。我记得前两年邓小南老师给政治局讲宋史的时候，邓老师就特别强调宋朝三百年，稳定至上。有人听完课以后说，北京大学邓小南教授讲得好，说宋朝的社会内部稳定。这个社会稳定其实跟刚才的说法一样。

我们接着看陈邦瞻的说法。"大抵宋三百年间，其家法严，故吕、武之变不生丁肘腋。"家法就是皇室的家法，其家法严，故没有出现跟刚才讲的吕后、武则天一样的情况。"其国体顺，故莽、卓之祸不作于朝廷。"其国体顺，没有发生像王莽、董卓这样的祸乱。"吏以仁为治而苍鹰乳虎之暴无所施于郡国。"这说的是酷吏，说宋朝没有酷吏，汉朝有酷吏，唐朝也有酷吏。但是实事求是地讲，一定是不符合事实的。宋朝的酷吏太多了，尤其是在专卖法中间，卖盐、卖茶、卖酒中间，绝对不会比汉朝的少。"人以法相守而椎埋结驷之侠无所容于闾巷。"这个"法"就是制度，不是我们现在说的法律的"法"。杀人劫货或者是以强权来压，这种现象不见于乡村乡里之间，这肯定也不符合事实。"其制世定俗，盖有汉、唐之所不能臻者。"虽然宋武功不如汉唐，但是宋朝的文治，汉唐确实不能相比。特别是陈邦瞻强调的是由宋代开启的历史变革,到明朝仍然处在继续发展的阶段。"变未极则治不得不相为因,今国家之制,民间之俗,官司之所行,儒者之所守,有一不与宋近者乎?"[1]这段话是不是就可以回答"厓山之后无中国"?中国还是有的。明朝完全在继承宋朝的制度文化,至少从这一点上不能说没有"中国"。陈邦瞻这句话也得到了另外一位史学家薛应旂的认同,这个人也挺有名的,他在他编的《宋元通鉴》中说:"回视宋元,世代不远,人情物态,大都相类。"[2]明确表达了跟陈邦瞻的观点相似的看法。这是明朝对宋朝历史总体评价的情况。

我们再看一下明清对宋代文化思想的不同评价。"宋学"一词在元明时代的含义,大致包括宋朝的学术、文学和艺术,实际上就是涉及文治的各个方面,文化思想各个方面都包括。到了明朝后期,才将"宋学"特指程朱理学。迄今为止,"宋学"到底涵盖什么内容,学界还是

---

[1]〔明〕陈邦瞻:《宋史纪事本末》序。
[2]〔明〕薛应旂:《宋元通鉴》。

有争论的。比如邓广铭先生讲的"宋学",就是指明朝人之前讲的宋学,涵盖宋代的学术与文化。但是到了宋代后期,会讲程朱理学。程朱理学的治经方法到明末已入穷途,这主要是从明朝人治经的角度来看,因为有王阳明心学,明朝人认为朱熹已经靠不住了。黄宗羲教学生的时候,说"经宗汉儒",其实就是指汉儒的章句之学,也就是后来所谓的"汉学"。"立身则宗宋学",就是宋对于儒家的微言大义讲得很透彻,不是直接从文字上来理解,所以做人要学宋人的标准。黄宗羲、全祖望等编的《宋元学案》为宋朝的学术思想奠定了基调。这就是我前面讲的,元朝或者明朝中期以前,"宋学"是包括宋代的文学、艺术、学术、思想,但是到《宋元学案》中已经狭义地就是指"程朱理学",其实也就是《宋史·道学传》的扩充。因为咱们这里是岳麓书院,我本不应该讲这个问题,在这里的都是行家里手。不过我自己从宋学的角度来讲,目前为止,虽然邓广铭先生已经在第四届宋史年会上表示过道歉,他说他在编《中国史纲要》宋辽金元史部分时,把宋代的学术思想归结为程朱理学,这不对,程朱理学只是宋代的一个方面,并不代表全部。后来很多人都接受邓广铭先生的观点。可是我现在看到的现实是,研究宋代学术思想的学者还是没有脱离《宋元学案》。特别是北宋,对北宋的一代学术,我认为现在还没有全面地展开研究,还是局限在黄宗羲、全祖望等的路径上。

清朝统治者初期也提倡理学,随着乾嘉考据学兴起,"汉学"与"宋学"之争成为清朝学界的一大景观。这里虽然是竞争与争鸣,但是我们要强调,明朝到清朝,程朱理学是官学,这个是没有问题的。从学术思想上,刚才讲到黄宗羲认为到明末的时候,程朱理学的治经方法已经走向没落,他是从汉学的角度来讲的。但是从官方的角度,一直到科举考试结束,程朱理学的地位才算告终,这还是要讲清楚的。明朝人,特别到明朝中期以后,也跟宋朝差不多,也不愿意打仗,明朝人对宋朝的"弱"提得比较少。但是清朝人是以武功见长的,清人非常看不上宋朝的"积弱"表现。比如清初的学者王夫之,他在《宋论》中批评宋的军政说"岐沟一蹶",这个"岐沟"就是宋太宗把北汉打下来以后,不听将领的劝告,非要去北伐契丹,后来在岐沟关被辽军打得大败。最后宋太宗是坐着毛驴车跑回来的，屁股上还中了一箭。据说他的去世也与这有很大关系。《宋论》就认为："岐沟一蹶，终宋不振……士戏于伍，将戏于幕，主戏于国，相率以嬉而已。"这是他批评宋朝。但是从我们现在的研究来讲，这只是王夫之的看法。王夫之的观点是不完全正确的，他也是攻其一点，不及其余。其实宋人还是很能打仗的。四库馆臣在编《四库全书》时收录了很多宋人的文集，在宋人的文集中，前面有个提要，提要对这部书都有解说，作者生平，书的来历，谁编撰的，有什么内容，有什么缺点、什么优点，它都有介绍，往往在很多著作中都用"积弱"来形容宋朝的国势。比如提到王安石时最典型。王安石《周官新义》的提要说，"安石之意，本以宋当积弱之后，而欲济之以富强"，也就是王安石富国强兵。特别值得注意的是，他所强调的是"宋当积弱"，就是在清朝人看来，宋朝在王安石之前就"积弱"了，不是南宋的问题，也不是南宋后期的问题，就是在王安石变法之前，宋朝就已经"积弱"了。而乾隆皇帝更是多次批评宋朝，"积弱之势既成，益见其恹恹不振，诚可笑耳"等。他凭吊宋人、辽人的一些历史古迹,或者古战场的时候,往往会写诗批评,甚是蔑视。

元明清对宋朝的看法可以归纳为:首先,高度地评价宋代的经学。其实现在也可以理解,中国的经学主要是讲"宋学"和"汉学"之争,说"汉学"是中国的一个高峰,"宋学"也是中国的一个高峰,这应该是由元明清人奠定的,正好是两种治经方法,这很有意思。其次,包括对宋代的文化、文学艺术高度评价,对宋朝的文治高度评价。最后,对宋朝的"积弱"给予批评。这就是元明清对宋代历史的一个基本看法。

二、19、20世纪之交的变化

现在我讲第二个问题,就是19、20世纪之交的变化。1840年鸦片战争以后的"西学东渐",对中国的社会、文化的影响非常大,相比魏晋、隋唐佛教对中国的影响,西学对中国的文化影响更加深刻。首先是从历史分期的角度来讲,对中国历史发展脉络的分期,主要是学习西方的历史分期方法。西方的分期方法主要是三分法,就是以上古或者上世，中古或者是中世，近古或者是近世来划分历史。395年，东罗马帝国成立之前是作为古典时代，就是上古时代；从395年到1453年拜占庭帝国失败，这一段时间是作为中世；这个时代再往后就是作为近世。大致是这样。但这不是绝对的，如果按马克思主义进行分期的话，前面会属于奴隶社会，中间属于封建社会，再下来属于资本主义社会。西方其他的分法，也是会从政治、经济的特点来分。

我们现在就来看一下，"崖山之后无中国"的由来。1917年，傅斯年先生说："西洋历史之分期，所谓'上世''中世''近世'者，与夫三世之中，所谓（Subdivisions）在今日已为定论。"[1]傅斯年在当时应该是属于执中国史学牛耳的人，他那时候刚从国外回来，是代表新文化的，他作出这个判断应该是看了很多资料的。20世纪初，西学的分期方法，在国内影响巨大。当初对历史书的编撰，影响最大的就是编《中国通史》，说中国没有一部真正像西方

---

[1] 傅斯年著：《中国历史分期之研究》（1918年），《史学方法导论》，中国人民大学出版社，2006年。

编的那种史书。我们有编年史，编年史是一年一年编的，看不出事件的变化，读起来很费劲。其实很多人不愿意读编年史，因为对历史没有相当程度的了解，编年史是读不下去的，所以要学西方编通史。

编通史是19世纪后期到20世纪初中国史学界的一大景观，而那时候是按照三个分期法来做。但是对于中国历史研究产生大影响的，不是我们中国学者自己，因为我们自己按照人家西方分期方法将它归类，没有给出特定的内容。给出特定内容的是两位日本学者，一位是桑原骘藏，他持种族分期论，因为我们中国在20世纪之前是没有民族概念的，我们是讲文化认同，有汉人、有契丹人，这类族群和西方的民族无关，跟西方的种族关系也不尽相同。西方注重研究民族之间的关系，特别注重种族，像人类学、社会学都对这个方面比较重视，桑原骘藏也是按照种族进行分期。这段话引自傅斯年所说："近年出版历史教科书，概以桑原氏为准，未见有变更其纲者。寻桑原氏所谓四期，一曰上古，断至秦始皇一统，称之为汉族缔造时代。二曰中古，自秦始皇一统至唐亡，称之为汉族极盛时代。三曰近古，自五季至明亡，称之为汉族渐衰，蒙古族代兴时代。四曰近世，括满清一代为言，称之为欧人东渐时代。"[1]

其实傅斯年不同意桑原的分期，他觉得桑原的分期，分的不是中国的历史，而是东亚的历史。所以他要根据中国的历史情况，也以汉族之变化与升降，分了上世、中世、近世，然后还有现世，分为四个时期。傅斯年分的上世是从周平王元年以前至南北朝的陈朝祯明三年（589），其实这一年就是陈朝灭亡那年。其间又分为四期，这个不去细讲。中世起自隋朝开皇九年，也就是祯明三年，这一年隋统一了南北，至南宋祥兴二年（1279），就是南宋灭亡那年。其间又分为两期。近世是南宋祥兴二年至晚清宣统三年（1912），就是民国革命时。其间又分成三个时期。现世是民国建元以来。在这里的分期，傅斯年始终把握着汉族政权和少数民族政权之间关系的消长，秦、西汉、东汉、曹魏、西晋、东晋、宋、齐、梁、陈，这是汉族政

---

[1] 傅斯年著：《中国历史分期之研究》（1918年），《史学方法导论》，中国人民大学出版社，2006年。

权。其实到了曹魏、西晋时还好,东晋以后就开始分了,分为北魏、西魏、北周,这是一个线索;然后这边是一个线索,宋、齐、梁、陈,然后隋、唐、五代、北宋、南宋;再一个就是辽、金、元、明、清。特别强调的是,明朝虽是汉族政权,但汉族的衰落已无法挽回。他不同于桑原的分法,桑原没有讲祥兴、南宋灭亡,但是他提到了南宋灭亡。傅斯年认为,在唐宋两代,有汉胡消长之际,南宋之亡又为中国历史一大关节。

前面讲的是从秦汉一直到南朝,傅斯年把它号称为第一个中国。然后把从北魏、西魏、北周、隋唐一直到南宋,称为第二个中国。"此八百年中,虽为一线相承,而风俗未尝无变。自隋至于唐季,胡运方盛。"[1]这里讲到的是北魏、西魏、北周都是少数民族建立的,而唐朝的血统中间,也有很多是少数民族的。朱熹就说过:"唐源流于夷狄,故闺门失礼之事不以为异。"为什么说唐时闺门不净,就是因为他们的血液中间有胡汉的血统。傅斯年接着说:

---

[1] 傅斯年著:《中国历史分期之研究》(1918年),《史学方法导论》,中国人民大学出版社,2006年。

当时风俗政教，汉胡相杂，虽年世愈后，胡气愈少，要之胡气未能尽灭。读唐世史家所载，说部所传，当知愚言之不妄也。至于周宋，胡气渐消，以至于无有。宋三百年间，尽是汉风。此其所以异于前代者也。就统绪相承以为言，则唐宋为一贯，就风气异同以立论，则唐宋有殊别。

唐朝还有少数民族的因素。"然唐宋之间，既有相接不能相隔之势，斯惟有取而合之，说明之曰'第二中国'，上与周汉魏晋江右之中国，对待分别可也，此'第二中国'者。"虽然唐朝有胡汉相融，但是这个相融慢慢趋向汉，就是被融化、融合了。刚才讲的是秦汉、周汉、魏晋、南北朝，可以分此为第二个中国。"至于靖康而丧其中原，犹晋之永嘉，至于祥兴而丧其江表，犹陈之祯明。"南宋跟南北朝的南朝是一样的，跟西晋灭亡以后的东晋还是一样的，还是承续汉族的风格。"祥兴之亡，第二中国随之俱亡，自此以后全为胡虏之运，虽其间明代光复故物，而为运终不长矣。"其实我现在看到的"厓山之后无中国"，就是讲这段话，但是我们现在先不讲，把它放在这里，我们下面再接着讲。"祥兴于中国历史之位置，尤重于祯明。诚汉族升降一大关键也。"[1]这是桑原骘藏对中国历史分期的影响。

影响更大的是日本学者内藤虎次郎，一般叫他内藤湖南。他首先提出宋朝是中国近世的开端。内藤湖南提出这个观点是在1907年，他开始在京都大学里讲课的时候就已经开始提这个观点了，但是比较系统的是在1922年发表的《概括的唐宋时代观》。这篇文章五千余字，一般把"宋代近世说"或者是"唐宋变革论"称作"假说"，特别是把"宋朝是中国近世的开端"称作"假说"。因为他只是预设了一种观点，五千字怎么能把中国历史说清楚？他提出了一些主要观点，后人相信就去论证，论证出来了就是真的，不论证就还是有假说的成分，他就把它称为一种"假说"。

内藤湖南对中国近世说的"假说"有两个理论来源：

---

[1] 傅斯年著：《中国历史分期之研究》(1918年)，《史学方法导论》，中国人民大学出版社，2006年。

第一，他明显地受到法国人基佐《欧洲文明史》的影响。后来日本人福泽谕吉也在这个基础上，写了一个东亚的文明史——《文明论概略》。这个书的核心是封建政体向王权政体的演进。我们在西周的时候，是公侯伯子男，但是在欧洲的中世纪也是公侯伯子男，这种公侯伯子男在内藤看来，就是贵族，他把西欧的中世纪称为贵族社会，王权事实上就是独裁，中央集权。当然他还有一个观点，就是这个集权之后会出现革命，出现革命之后就会出现变化，像法国革命、英国资产阶级革命之后就会出现资本主义社会一样，但是资本主义社会之前的时候，是一个王权的时代。他在政治哲学方面，受到《欧洲文明史》的影响。第二，明显受到欧洲文艺复兴时代历史模式和特征的影响。我说句客观的话，他的第一个观点，我们现在很好反驳，其实中国真的没有像他们西方的那种能够独立于皇权之外的贵族，在秦始皇之后是绝对不可能存在的。但是欧洲文艺复兴时代，确实有很多地方像宋朝，如十四五世纪的文艺复兴，"唐宋八大家"就是回到汉代古文，文艺复兴就是重新回到古典艺术、古典文学，也正是这个地方相似，就特别能够迷惑人。

我们先看一下内藤湖南的"宋代近世说"的一些主要观点。一般说他有八种观点，或者说有八个方面的内容。台湾有个学者，就是"中研院"的柳立言，他看到大陆在21世纪初期纷纷都在讨论"唐宋变革论"，觉得大陆讲的"唐宋变革论"像一个筐，什么东西都可以往里面装，就专门写了一篇文章《何谓"唐宋变革"？》，他就把唐宋变革的观点捋了八大条，有些是比较细节的想法。我们这里主要说其中的三个观点：

第一，贵族政治的衰落和君主独裁政治的兴起。包括三个方面：第一个方面，政治上的变化，即君主地位的变迁。主要是由向贵族负责转为君主面对全体臣民。因为他说三省六部制，就是调整和确立皇帝跟贵族之间的关系，宋朝的三省六部制已经是形式上的，不能跟唐朝相比了。他认为宋太宗以后独裁政治兴起。再就是人民地位的提高。这点讲得很对，就是把人民从土地的束缚中解放出来。宋代佃农的法律地位要比汉唐高许多，不说汉代，就是唐代的部曲也是可以任意宰杀、任意转让、任意出卖、任意处置的。宋代佃农虽然不能杀地主，杀了地主还是要偿命的，但是地主也不能随意杀佃农，如果杀了佃农，虽然地主不偿命，但是一定要受惩罚，而且要拿官爵来作为交换，这是比较轻的，也会有很多比较重的处罚。从现在的角度来讲，这样的惩罚依然是不公平的，可是在那个时代已经是比较公平的，至少人民的地位提高了。

第二，经济上的变化，就是从实物经济向货币经济转变，这种变化特别明显。据研究，比如像我的老师漆侠先生的研究，到北宋中期的时候，货币税收已经和实物税收在财政上平分天下了，到北宋后期的时候，基本上是65%对35%，到了南宋的时候是23%对77%，货币收入在国家财政中已远远超过实物税收，比重已经占到很高。

第三，文化上的变化，就是仿造欧洲文艺复兴、宗教改革、启蒙运动的历史模式。因为中国在宋代，已经走出了汉、魏晋、南北朝、隋唐的中世纪，这也与西方的中世纪很相似。差不多在这个时候，宋代出现了文艺复兴，出现了平民化和复古的倾向。文化包括绘画、雕塑、建筑，宋代的绘画就是以山水画、花鸟画为典型，人物画是其次；而在唐朝的时候，建筑、雕塑都是以佛教、道教为主题，宗教色彩很明显。如果有谁去过四川的大足石刻，你去看与南宋相关的石刻，它讲的佛教故事、道教故事，其中的人物一看就是普通人。汉唐宗教还是很威严、很神圣的。内藤湖南抓住了这一点，认为宋代文化有平民化和复古的倾向，所以内藤湖南说"宋代是中国近世的开端"[1]。

内藤湖南是1866年出生，1934年去世。正好是在1900年前后，他从一个新闻记者到京都大学当教授，治学34年，是一个很博学的汉学家，非常了不起。他以前是一个政论者或者是新闻记者，但是后半生，他是做汉学的。其实从专业角度来讲，内藤湖南不是做宋史的，他是做清史的，而他的学生宫崎市定恰恰是做宋史的。宫崎市定刚开始跟内藤湖南学习的时候，他不太信服内藤湖南的看法，他认为你一个搞清史的，怎么去判断宋朝的很多问题。但是他后来学习了内藤湖南的思想，内藤湖南跟他讲历史的演变，然后他又看了很多资料，后来很信服内藤湖南，他在内藤湖南观点的基础上继续向前发展。内藤湖南

---

[1] [日] 内藤湖南著：《概括的唐宋时代观》，《历史与地理》第九卷第五号，1910年。

提出的"宋代近世说",是从社会文化的角度提出"宋代近世中国"的主张。宫崎市定又从经济制度的角度,补足了内藤湖南的学说,全面列举了从宋代到清代的"近世"特征,这种观点成为京都中国史学的重要主张之一,现在京都学派仍然坚持这一点。现在的日本学界是不是还是讲"唐宋之际就是近世的最大变化"?这在现在的日本学界也有了很大的变化。有很多学者也不这么认为,但是认为唐宋是中国历史上的一个重要分水岭。日本学界认为这是做中国史的一个支柱,这是他们接受的观点,不管从哪个角度来讲,唐宋是一个大分水岭。

内藤湖南的主张是着眼于对清朝政治文化的研究。他和桑原骘藏都是军国主义者。桑原骘藏是赤裸裸的军国主义者,内藤湖南比较隐性。他经常会发表很多的文章说他热爱中国文化、喜欢中国文化,但是研究他的人会知道,他为什么喜欢中国文化?因为日本文化来源于中国,是学习的中国文化,他要讲日本的文化高于中国文化,不先说中国文化好,怎么能把日本文化学好?他认为日本文化在学习中国文化的基础上又学习了西方文化,明治维新比我们中国近代的改革要早几十年，所以他认为日本既汲取了中国文化又学习了西方文化，这种不同文化的叠加就使得日本文化高于中国文化。他提出的"宋代中国近世说"，实际上是为日本侵入中国提供一种理论支持。他的缘由是中国的文化在宋代的时候已经达到了高峰，达到了世界的制高点，但是从此以后中国没有发展，没有进步，停滞了，而清代的文化都来源于宋代。清代的种种问题很多，特别是1840年以后，列强进入中国以后要瓜分中国。西方列强在其他国家都可以占领一个国家或者统治一个国家，唯独在中国没有这样做。后来八国联军，包括美国、日本都侵入中国。内藤湖南就提出"国际共管"的观点，主张分裂中国，中国这么大，我们一个国家分不了，咱们就共管。但是共管，我们日本人比你们西方人更有资格，原因就是文化。我们的文化来自中国的文化，但是我们也学习了你们西方的文化，吸取了你们的长处，又比中国文化高明，你们不懂中国文化，我们懂，我们是理所当然的统治中国最理想的国家。钱穆先生的孙女钱婉约在北大写过一个《内藤湖南研究》，在这方面写了很多，我在此不多说。

内藤湖南在讲中国近世说时，他没有把中国历史和西方历史作比较，但是宫崎市定在发展老师学说的时候，他把中国近世拿到世界范围中探讨。这有一个历史背景，因为内藤湖南创立学说以后，对中国并没有什么影响，对日本的影响也不大。到了二战以后，宫崎市定再讲日本文化高于中国文化已经不现实了，他说要另起炉灶。以前说内藤湖南预测中国的共产党不能胜利，中国走向共和发展的趋势等种种预测都失败了，纯粹从清朝这个角度来讲中国近世，在那个时候已经不合时宜。宫崎市定这时候把宋代近世说学说放到世界范围内，他说现在都讲近世是从西方开始的，但是把西方近世的诸多特点放到中国的文化上、社会上来看，中国文化的近世很早，特别在宋代。为什么要说西方近世的开端应该是中国的宋代？因为宋代的近世开端具有世界意义，这是宫崎市定的看法。他后来表达了这种学术观点：二战以后，中国是战胜国，再加上解放战争以后，中国又建立了社会主义制度，日本人当初说中国多么多么落后，但是由于当时马克思主义的学说非常风行，中国建立的是超越资本主义制度的社会主义制度，我们还是资本主义制度，中国已经比我们先进了，我们干吗还要讨伐人家是封建社会？要换一个思维或者思路去做研究。所以说宫崎市定就在这个方面抛开了内藤湖南的观点，但是他在其他方面丰富了内藤湖南的看法。西方人要了解日本人，他们不一定会去看日本人，而是会去看别人研究日本人；了解中国，他们也要看别的国家人研究中国，所以西方人对日本的研究很重视。他们问日本人宫崎市定的"宋代近世说"讲的主要内容是什么？有日本学者用几百字不到一千字概括地讲给西方人听，并冠以"唐宋变革论"，说这就是"宋代近世说"，这是二战以后的社会背景。

"宋代近世说"到20世纪50年代以后，就这样变成了"唐宋变革论"。"唐宋变革论"实质还是讲中国近世的开端，但是跟内藤湖南有不一样的地方。宫崎市定在讲近世的时候，他有两个突出的创举：第一，由于基督教和佛教的衰颓，社会和文化都世俗化了，"理性"哲学兴起。这一点，他们认为宋代的佛教和道教都世俗化，但是理学起来了。最近日本不是有一个讲坛社，他们出版了一套中国历史丛书，其中有一部书是小岛毅写的，他是东京大学的教授，做中国思想史研究，他写的书名字是《中国思想与宗教的奔流：宋朝》，他就是把理学的兴起作为宋朝最重要的历史特征来讲。我刚才讲了，邓广铭先生虽然道歉过，他说把"宋学"都看成了程朱理学，是不对的。但是现今思想史的研究者还是这样来看待，小岛毅是做思想史的，他本着"唐宋变革论"的基本观点或者是按《宋元学案》的路子写的《中国思想与宗教的奔流：宋朝》。因为他这个是通俗作品，我们也没有写批评文章，其实是可以写批评文章的，这本书并不一定能反映中国的历史实际。从他这个观点，可以看到从50年代一直到现在，他们对宋朝的看法基本上没有变。

第二，城市和商业兴起，形成了自由支配土地、劳动力和资本的农业社会。宫崎市定在宋代平民文化中，发现了中国近世国民主义波动的先兆。人民有了文化主体意识，不再奴隶般地效忠于皇室。我觉得这也是日本人一厢情愿的解释。中国人什么时候不是臣民，什么时候成为国民了？这里讲的国民具有公民的意思，什么时候宋朝的国民成了公民？永远是臣民。当然这是日本学者的看法。

到了20世纪70年代后期，日本学界在反思西方的历史分期方法得失的时候，看到西方史学和社会学的近代理论，是根据西欧社会发展经验总结出来的，西欧的历史发展模式被奉为世界历史发展的普遍规律，并以此作为研究中国历史分期的预设，从而进行东西方的比较。如此比较，一旦流于牵强的比附，必然造成观点歪曲和混乱等后果。实际上日本从20世纪70年代后期，内藤湖南坚持的唐宋具有世界近代史的性质的观点，日本人基本上已经放弃。虽然他们依然还在不断地讲宋代是近世开端，但所讲的内容与以前很不相同了，也就是说中国社会的发展变化不再是按照西方理论去讲，而是讲中国历史自身的发展变化的情况，下面还会提到。

尽管日本从晚清现实和西方近代社会理论去研究中国宋代历史，观点有附会之嫌，但他们自己在20世纪70年代已经进行反思，西方学者对其反思也比较早。比如哈佛大学比较有名的包弼德（Peter K.Bol）教授很早就说过：我们赞同日本学者的分期法，但是不赞同他们研究的目的。他们说宋朝的近世就犹如西方一样的近世说，他不能赞同。但是"宋代近世说"和"唐宋变革论"对国际宋史研究产生了深远而重大的影响,这是不可否认的。而且日、美、欧学者对宋代的历史地位做出了很高的评价。我们现在大陆的学生经常会跟我们做宋史的老师提问题:为什么国内对宋史的评价那么低?为什么国外的评价那么高?我们下面会涉及这个问题的探讨。

比如宫崎市定在《宋代的煤与铁》一文中就指出:中国的文化在开始时期比西亚落后得多。西亚文化指的是阿拉伯、波斯文化,波斯这个地方的阿拉伯文化在相当长的中世纪时期是领先的。但是后来中国文化渐渐扭转了落后局面追上了西亚,到了宋代便超过西亚,而居世界最前列。宫崎的意思是唐朝已经开始追赶西亚,到了宋朝就已经超过了。1951年日本学者和田清撰写的《中国史概说》实际上是给大中学生写的一本教材,系统性地总结了"唐宋变革论",很有代表性。和田清认为:宋代横比当时世界各国,均在其之上,处于领先地位;宋代纵比前代,亦超越之,是中国古代历史上,继汉朝、唐朝之后的又一座新高峰。这两点可以说是日本学界对宋代历史地位的两个基本估计。

再看欧美学者的观点。别的先不说,就看看2016年最新出版的《哈佛中国史》第四册《儒家统治的时代:宋的转型》。我给这部书写过一个书评,去年10月在《光明日报》发表。[1]这是西方学者眼中的宋朝历史,这本书在写宋朝转型的时候讲道:

> 宋代中国在商品化与消费,在财政金融的发展程度,特别是其强大的信用市场和纸币制度的创立,在交通(马车、客船和配备有尾舵和水密舱的驳船)的发达程度,在陶瓷生产、铜铁矿的开采、纸张的生产、高品质的印刷和出版,以及在机械标准化和技术术语(这是进行高效及有利可图的持续大规模生产的先决条件)等方面都走在了中世纪欧洲的前面。水车可以驱动杵锤,可以用来对水田进行灌溉,可以碾磨谷物以及对工业原料进行磨压。通过中亚一直连接到伊斯兰教世界的贸易路线和传播交流网络(在19世纪

---

[1] 参见拙作:《西方学人眼中的宋代历史——以〈儒家统治的时代:宋的转型〉为中心》,《光明日报》2016年10月29日。

时被称为"丝绸之路")使中国的技术传播到了欧洲,而欧洲则在数个世纪之后的商业和工业革命期间,对东方的思想进行了仿制、吸收和改进。[1]

这与日本和美国学者的观点相仿。他们不仅对宋朝有很高的评价,而且美国历史学家在日本汉学家的激发之下,开始把宋代看作中国史上的一个真正具有形塑作用的时期之一(我们应该懂"形塑"两字,就是元明清是从宋朝的模子发展下来的),是社会、经济、政治、思维各个方面都有广泛发展的时期。这个形塑作用是非常典型的,比前面的那些评价都要更高,因为它是对整个社会的最后一个认定。这是从20世纪初到20世纪70年代,日本"唐宋变革论"对欧美宋史研究的影响。

现在再看看19、20世纪之交,国内学者的看法是不是也跟元明清人一样的,还是跟元明清人有所不同?国内学者对宋代历史的认知,主要是从传统中国文化的发展

---

[1] [德]迪特·库恩著,李文锋译:《儒家统治的时代:宋的转型》结语,中信出版社,2016年。

脉络来看待宋代历史，以及与他们所处近世的关联。如近代启蒙思想家严复在给他的朋友熊纯如的信里面说："若研究人心政俗之变，则赵宋一代历史最宜究心。"这个地方说"人心政俗"，实际上就是美国学者讲的形塑作用。"中国所以成为今日现象者，为善为恶，姑不具论，而为宋人之所造就，十八九可断言也。"[1]近代学术大师王国维说："天水一朝，人智之活动，与文化之多方面，前之汉唐，后之元明，皆所不逮也。"[2]其实清朝并不比宋代有更多的贡献，王国维只提元明而不提清，那是因为王国维是清人，清朝遗老还是要维护清朝的，只说明代和元朝都赶不上，文化的很多方面多发端于宋。这样的论述，与前面讲到的陈邦瞻、薛应旂的观点是一脉相承的。明清以来，中国学者提出中国近世是跟晚清相比，讲的是晚清文化的主流源头，这就是严复、王国维他们这些人所认为的。虽然他们与日本学界的"宋代近世说"在时间概念上有相似

---

[1] 严复著：《严几道与熊纯如书札节钞》(39)，《学衡》，1923年第13期。
[2] 王国维著：《宋代之金石学》，《王国维文集》第四册，中国文史出版社，1997年，第120页。

之处，但是与日本学界将中国近世的发展依附西方文明竞争，有着本质的不同。中国学者只是讲我们的文化源流、社会现象，而日本学界是用了西方的分期法，将唐宋历史的发展说成是从中世社会到近世社会的一种演进，这种分析方法明显带有社会进化论的色彩。近世社会要比中世社会进步、伟大。也是因为这个原因，陈寅恪先生对赵宋文化有高度的评价："华夏民族之文化，历数千载之演进，造极于赵宋之世。""天水一朝之文化，竟为我民族遗留之瑰宝。"[1]其中提到"天水一朝"，是文化人刻意用典，因为赵姓的郡望在天水，就是现在的天水，宋朝是姓赵的人建立的王朝，一般会讲赵姓王朝就是天水一朝。

中外学者在19、20世纪之交都把宋代历史看作中国近世的开端，尽管所持的方法和视角不尽相同，但是观察晚清社会的诸多历史和现实特征，都主要源自宋代，则是殊途同归。不同的是日美学者偏向从城市、市政、经济、交通、印刷、社会结构等方面来讲述宋至晚清的源流变

---

[1] 陈寅恪著：《邓广铭宋史职官志考证序》，《金明馆丛稿初编》，生活·读书·新知三联书店，2001年。

化，这也就是西方人跟中国人的知识不一样，西方人注重事、结构、社会，中国人主要讲究人。你们看中国的学术思想、文学艺术、礼俗都是从人的角度来讲，这也是我们和西方学者治史方法上根本的不同。

现在我们回过头来看一下，就是"厓山之后无中国"观点能够成立吗？我讲我个人的四个观点，不一定正确，仅供参考。

第一，这个论点主要源自日本学者，不论是桑原骘藏还是内藤湖南的分期说所讲的"中国"都是狭义的汉族政权，傅斯年当时也不能够脱离那个时代的影响。政权指的是汉族政权，统治区域指的是北宋的统治。北宋的统治区域是什么？西边是兰州以东，北边是我们现在的白沟以南，就是涿州（今属河北保定），南面是大渡河以北，这就是宋朝区域，也是秦始皇、汉武帝开发的主要农耕区域，到唐朝也是这样。唐朝的版图很大，从河西走廊到西域，然后到东北，大多数是羁縻地区，并不能够建立王化的政权。他们讲到"无中国"，主要是从汉族政权的角度来讲的。

第二，我们要知道"中华民族"这个概念是在20世纪初才提出来的。现在一般人认为是梁启超在1902年前后提出"中华民族"的概念，但是这个概念提出来以后，直到民国建立之时才被推动，但是民国推动的背景是讲求"五族共和"，分汉族、满族、蒙古族、回族、藏族来讲。日本侵华战争爆发后，开始以"中华民族"来对抗日本，这时"中华民族"这个词被比较广泛地叫响。中华人民共和国成立以后设民族自治区，我们讲我们是中华民族。桑原骘藏是从种族、民族的角度，用西方种族观来分期的。在傅斯年所处时代虽然"中华民族"这个概念已经提出来了，但是还没有被社会广泛接受，而且还存在着"华夷之辨""五族共和"等方面的影响。

第三，由元明清人对历史文化的定位不难看出，汉族政权虽然不再彰显，但是以汉族为主创造的华夏文化为元明清所承袭，而蒙古族、满族在华夏文化的基础上对边疆的经营奠定了当今中国疆界。我有时候给学生讲课，经常遇到这种问题。我说唐宋以后的中国历史，汉族肯定是在文化经济方面是主流，但是中国能够成为今天这么大一个版图的国家，是少数民族的功劳。从宋人以后，民族概念强调华夷之辨，如果再讲汉和少数民族，那是很对立的。明朝人到中期以后，也基本上是不开拓的。朱元璋打下天下的时候，明朝疆土也是很大的，但是到中期，他把西北的六个卫给撤除，其实就是放手不管。跟宋一样，只要不在我的版籍，不在我的赋税登记中，不给我纳税的人，不是我的臣民。从宋代来看，这种状况非常明显。但是少数民族政权把汉族文化推广到边疆地区。现在讲"新清史"研究，有时候可以从唐宋开始做起，汉族人虽然不推动边疆的文化，但是新建立的少数民族政权一定是用华夏文明来推动的，后来到了明清实行"改土归流"政策，这是非常典型的做法。

第四，"崖山"之后，汉族和少数民族共同创造了当今的中国，并建构了中华民族的文明史。写历史，永远不能抛开当代，特别是写通史。虽然说写历史要客观，但总不能把现今民族间的历史对立起来讲。即便美国的历史也是从最初的十三州发展到现今的版图，美国人讲历史也一定要站在他们现在的国土面积上来讲美国的历史，讲它是如何发展、如何演变而来的。我们悠久的中国历史更是如此。再就是"中华民族"这个概念没有提出来之前，中国历史的讲法没有跟西方统一的步调，中国没有跟世界统一步调的近代。我们也不讲种族，我们讲文化认同。过去的时代已经过去了，我们现在是中华民族，我是强调这一点。

三、宋朝是一个"积贫积弱"的国家？

中华人民共和国成立以后，国内怎么来看待对宋史的评价？当日本的"中国近世假说"风靡美欧学界，在世界产生重大影响的时候，此假说在中国本土却遭到了冷遇，在相当长一段时间内，对中国的唐宋史研究几乎没有产生什么影响。有两个最典型的例证：一是2002年出版的《二十世纪唐研究》中未见国内学者接受"唐宋变革"假说所做的讨论、论述，它只是列了一节介绍日本学者对"唐宋变革论"的看法；二是2006年出版的《二十世纪宋史研究论著目录》中更没有见国内学者的论述中有"唐宋变革"的条目，这很典型。我当时也总结过为什么会这样，主要有如下三方面原因：

第一，当"唐宋变革论"在世界范围逐步产生影响的时候，正是抗日战争的时候，中国的国仇家恨都集中在抗日上，怎么会去听日本学者讲宋代是中国近世的开端。等到中华人民共和国成立的时候，我们又是意识形态对抗，日本属西方阵营，我们是东方阵营，那时候你敢跟西方世界交流吗？里通外国是最大的罪名，不得了的事情，根本不可能接受。改革开放以后，其实中国的学者都在互相地讨论日本的"唐宋变革论"，但是没有人特别拿出来研究。这有一个重要原因，因为我们的老师和前辈还是历史学界的主流，他们接受的是马克思主义五个社会形态学说。像我的老师漆侠先生说，唐宋变革算什么，它怎么能把封建社会说成近世社会呢？你是用马克思主义的封建说，他是用西方的另外一种说法。我们都是学生辈也不能不跟着老师们说，而且当时我们也不太懂"唐宋变革论"。我的老师是2001年去世的，对我们学生来讲，对宋史来讲，都是一个很大的损失，而他的去世，也是一个时代结束的标志性事件。当我的老师去世的时候，那个时代差不多就终结了。再下来就是50后、60后、70后的中国学者成长起来，可能看法就不与过去完全接轨了，我们不反对马克思主义，也不反对唯物史观，但是我们对社会历史的分期会有不同的看法，这个就另当别论。

第二，与日美欧学界对宋代历史高度评价相反的是，国内学界对宋代历史的评价多呈现批评、贬抑为主的态势，这主要表现在两个方面：一是将宋朝冠以"积贫积弱"。其实早在南宋后期，像文天祥，还有其他有识之士，已经说宋朝"民穷""财匮""兵弱"是当时的三大病症。而且当时认为历史上的朝代有弱的，不一定穷；穷的，不一定弱，但是又弱又穷就是南宋，当时南宋的士大夫就是这么讲。但是那时候已经是南宋后期了，真的是风雨飘摇的时候。元明清人也一致认为宋朝武备不振，积弱。民国时期，钱穆在《国史大纲》中将宋元明清人的议论概括为"积贫"和"积弱"，他分成两部分来论述。到20世纪50年代，我的老师在讲"王安石变法"的时代背景的时候，他第一次将"积贫积弱"连起来以概括宋神宗实行变法的主要社会原因，然后又被他的老师邓广铭先生引入《中国史纲要》中宋代历史部分的书写。由于《国史大纲》和《中国史纲要》是大中学教材，因而影响极大，"积贫积弱"说成为20世纪后半叶评价宋代历史的代名词。我在这个地方要特别提一下，前面讲到严复、王国维对宋史有很高评价，但是他们的评价都是写给朋友看的，在社会上是没有影响的，谁知道你说了什么话。因为他们现在的名气很大，后来的学者评价宋代时说，你看看王国维这么大的学者都这么说。其实那时候没有什么影响，有影响的就是教科书。所以从民国一直到改革开放，从钱穆的教材到漆侠先生的《王安石变法》，然后再到《中国史纲要》都是这样讲，以致留给中国学者、中国学界深入人心的印象就是宋朝的"积贫积弱"。所以它成了宋朝一个代名词。

二是我们奉行的五个社会形态说，是把宋代作为封建社会的下行段来讲的。因为封建社会有西周说、战国说，也有魏晋南北朝说，但是不管怎么讲，不管怎么说，宋朝都是封建社会的下行。当时作为社会进化论来讲，资本主义社会比封建社会好，封建社会晚期不如封建社会早期，封建社会的早期是进步的，进步以后就落后了，落后就要被新的社会形态取代。所以你想宋朝是处在封建社会晚期的阶段，它就是代表着中国的衰落。所以说我把从1949年以后到改革开放对于宋代历史的评价，用四句话来概括：（一）"政治上腐朽"，来自范文澜先生编的《中国通史》。他说金朝是一个奴隶社会，把北宋灭亡是一件好事，北宋那么腐朽、那么落后，被一个新型的奴隶王朝代替，不是历史的进步吗？（二）"学术上反动"，这主要是从唯心主义和唯物主义的角度来讲。因为马克思主义是辩证唯物主义、历史唯物主义，只要是唯心主义就是反动，只要被扣上反动的帽子，那是不得了的，你看过去的评价，司马光是地主阶级最反动、最坏的人。"二程"、朱熹被划为唯心主义，王安石、张载是唯物主义。到80年代，给朱熹翻案非常困难，到了90年代前期，这类翻案文章才能放开写。整个80年代，要给朱熹翻案的时候，先要把朱熹批判一顿，然后再讲朱熹有合理的思想。是不是特别有意思。（三）"经济上积贫"。（四）"军事上积弱"。这是刚才讲到的钱穆、漆侠先生讲的观点。从元明清到现代，中国学者对宋的认识一直是这样，跟欧洲、日本、美国的评价是不是泾渭分明？所以我们的学生经常会提出这个问题，本科生还好，特别是研究生，他们是研究宋史的，当然都很希望宋史像欧美学者说的那样，像日本学者说的那样，把宋代说得伟大一点，这样研究起来也比较好。

现在从我个人的角度，怎样看"积贫积弱"？现在网络上会说，宋朝那么发达的经济，怎么可能"积贫"呢？宋朝能够跟世界历史上最强大的武装力量抗击70年，怎么能叫"积弱"呢？首先"积贫"在一定程度上，可以得到更正，就是从国家财政和地方财政的角度而言，从宋仁宗朝形成的"财匮"问题在"王安石变法"之后得到一定舒缓。南宋以后，从国家到地方一直为摆脱财政危机苦苦挣扎，而宋代地方财政长期处于入不敷出的窘境，这个"积贫"讲的就是宋代的财政。但是现在有多少人去研究宋代的经济史？有多少人去研究财政史呢？根本看不到许多论述，但是又很愿意听日本人说宋代经济发展到了什么程度，收入了多少钱，但是怎么用的、怎么支出的，没有说明白。研究宋代财政史有两部典型的作品：一个是汪圣铎先生的《两宋财政史》，一个是包伟民先生的《宋代地方财政史研究》。两位学者都特别强调了宋代财政捉襟见肘的情形，收钱收了很多，办法也想了很多，可是钱确实不够用。你想一个以农立国的国家，北宋养兵最多时曾达到120万人以上，南宋半壁江山养兵达60万人。雇佣兵吃喝拉撒全要靠国家管，跟汉唐以征兵制度为主很不一样，所以说"财匮"是有充分根据的。从这个角度讲，"积贫"是没有错的。

但是从"民穷"的角度来讲，有点误差。宋代社会最底层的佃户与魏晋南北朝以来的部曲相比，不论是法律身份地位、迁徙自由以及谋生手段都有较大的改善和提高。宋代地主不能随意地处置佃农，而且佃农跟你签了契约，这个契约到期了以后，可以继续干也可以不干了，或者你对我不好，我不想干了，我也可以跑，你把我抓回来也没事。但是在汉唐，特别是魏晋、隋唐的时候，你跑了被抓回来，可能会被杀头，或者是把你的腿打断，眼睛给你挖掉，就是这么残忍。在宋朝是没有这种事情的。宋朝的救济制度，汉唐不能企及，元明清也没有超过，这是我的研究心得。我在研究宋代救荒史的时候，指出汉唐也很重视救荒，但是它的制度不如宋朝系统。宋朝已经有类似现在的排查制度，就是人口登记、排查时一定要落实到人头上，而之所以要兴起排查制度，就是要让救灾落实到人头上，落实到最贫困的人头上。中国历史上，这点只有宋朝做到了，别的朝代都没有做到。宋朝的大中城市里拥有五万贯家财的富户众多。但是宋朝没有像明清那样的大富户，拥有几百万贯甚至上千万贯家财，还有像十大商帮的那种情况，宋朝也是没有的。宋朝时，国家把商人管得很厉害，让你赚钱，让你当小富，但你不可能成为大富，如果你成了大富，国家一定要限制你。所以说拥有五万贯、十万贯这样家财的，甚至拥有二十万贯的富户，在大城市中是有的，人数也不少，但是不会像明清那时候出现大商帮。现今在山西看到的乔家大院、王家大院这种大的地方富豪，在宋朝出现的相对较少。所以要辩证地看宋代的"积贫"。不能完全否认，它的财政就是有问题，但是"民穷"上是有所改善的。

再从"积弱"的角度上来讲，我主要提出的是宋朝不是不能打仗，而是不能打进攻战。统治者或者士大夫、思想家们不再愿意跟少数民族打仗，不再愿意跟少数民族一争雄长，但是宋朝打防守战是非常厉害的。金朝女真族也是中国历史上武力非常强大的民族，但是它把北宋灭亡具有偶然因素。而南宋只有半壁江山，它也打不下来，如果说南宋像过去讲的那样是不堪一击的，怎么能够抵抗金朝。难道金朝人不想统一中国？他们早就有这种想法，只是打不了。蒙古人那么强大，他为什么也不能轻易制服，就是因为宋朝防守得很好，这里就表现出它的经济、财力、科学技术水平各方面，社会动员、防御工事都做得很好。但是宋朝人一定是不进攻、不愿打仗的，士兵在外面建了功回来，绝对不会多赏你；你在外面打仗失败了，回来只要服从朝廷，受点小处罚，过几天把你官复原职，但是不能惹是生非，这是最基本的原则。宋朝的基本情况是这样，并不像过去说的那样，宋朝不能打仗，像元明清人的那种感觉。实际上从现代的军事学的角度来讲，金朝那么强大的军队，为什么不能把这么弱的朝代消灭？不能统一？到了南宋后期，确实是风雨飘摇，但北宋灭亡真的是一个偶然，因为宋钦宗为了表示他的诚意，无论金军要多少钱，只要愿意跟宋朝签和约，他半壁江山不要了都可以，但是就不愿打仗。

那么实际上宋人能打仗，为什么宋以后历代都说宋朝"积弱"？我也总结了三个原因：一是由于政治腐败和战略决策的失误，金灭北宋和南宋与蒙古、元战争的第二阶段，特别是1273年后，元灭南宋战役，基本同属于击溃战，兵败如山倒。也就是说北宋和南宋均被金、元在短时期内灭亡。二是在和平对峙年代，为了避免打仗，宋与辽、西夏、金、蒙古、元的交往中，特别是南宋又常常扮演乞求、赔款、苟且、退让等屈辱的角色，只要你要钱，我就给你钱，不要打过来就可以。从澶渊之盟、庆历和议、海上之盟，到绍兴和议、隆兴和议，再和蒙古人签和议，等等。特别是蒙古人要打进来的时候，宋朝人还要采取这种方式，蒙古人都觉得好笑：你现在还有什么资格和我谈条件，还要跟我谈条约，你有钱，那钱就是我的，怎么是你的？三是宋虽然打防御战，颇有战斗力，但是必须指出宋的防御战都是对于侵略者深入国境之内的顽强抵抗，并不能在第一时间阻击侵略者于国境防线之外。一个常在国内纵深地区顽强抵抗侵略的国家，不论抵抗多么卓越，也不能不是"积弱"。像抗日战争，毛泽东同志不是说我们很弱吗？我们要以弱胜强，让他进来。十四年抗战，现在讲起来，是不是也很卓绝，但是我们确确实实是非常"积弱"。南宋时的"积弱"，跟抗战时候的"积弱"还不一样，那个时候国家确实不行，而南宋统治者又缺少进取心，自毁长城，这是最典型的原因。

为什么宋朝能打防御战，而不能打进攻战？我也总结了四个原因：第一，中唐以来，兵制与选官制变革，军功集团从历史舞台退出，社会的价值取向有了与汉唐相异的变化。我前段时间看过一个讲秦汉简牍的片子，讲到一封信，还有一些人物造型。这封信讲到，打完仗以后，士兵提着两三个头颅就去请功，这是秦朝法律制度。对于我们做宋史的人而言，这是不可想象的，可能做秦史或者唐史的人，不会有特别深刻的感觉。你想他们有那种价值观，能不勇猛吗？能不打仗吗？杀了人就去请功、请赏。但是到了宋朝就不一样了，跟汉唐截然相反，那种以军功授爵的世风被科举取士的世风所取代。北宋后期汪洙《神童诗》讲得非常好:"天子重英豪,文章教尔曹。万般皆下品,惟有读书高。少小须勤学,文章可立身。满朝朱紫贵,尽是读书人。"这里的"朱紫"是指宋朝官服品级中红色、紫色都是比较高的品级,绿色、青色要低一点,高官都是读书人。杨万里、尹洙他们曾形容过当时的社会现象。尹洙说:"状元登第,虽将兵数十万,恢复幽蓟,凯歌劳还,献捷太庙,其荣亦不可及矣。"得了科举的状元,比拿下"燕云十六州"的气势还要大,还要光荣。你想,"燕云十六州"对宋人来讲是一个切肤之痛,是念兹在兹的问题。宋太宗以来形成的时代价值取向,这是最恰当的描述,所以说宋朝缺少汉唐开疆拓土的精神。

第二,有鉴于安史之乱后,藩镇割据尾大不掉之势,宋朝"崇文抑武"现象突出。过去都会讲"重文轻武",我一直反对用这个词,为什么?宋朝从来不"轻武"。你想,我们说宋朝的财政捉襟见肘,为什么?就是因为养兵,它的财政70%以上都用到了养兵上,难道它还不重武吗?它一定是重武的,而且它的郡国地方都是以军的名义来命名的,所以非常重视军队。它"抑武"是抑制武将，不让武将来干政。用"崇文抑武"来概括宋朝的政策特点是比较贴切、比较准确的。"抑武"是宋朝的国策，也就是说抑制武将专权，逐步实行文臣统兵和宦官统兵。到了北宋末年，"举国竟无折冲御侮之将"，这是宋人的说法。

第三，宋朝实行募兵制，养兵数十万乃至百万。募兵制下的养兵既不同于汉唐的兵役，也不同于现在的雇佣兵。现在的雇佣兵要你打仗，先立军功才给钱，先给你付一部分，打了胜仗，我再给你全部钱。宋朝根本不是这样，都是养兵。特别到了宋真宗朝以后，士兵结了婚，拖家带口，都靠着他那点兵饷生活，不够了，还要自己去做点小生意。所以宋朝跟西夏打仗的时候，常见西夏人把没有技艺、没有本事的宋朝兵卒的耳朵割了，鼻子割了，放他们回宋朝，能够吹拉弹唱和有一技之长的人就留下来，充实他们的军队。所以宋朝这样的军队，要打进攻战就特别难。

第四，中唐以后，中原王朝丧失了可供驯养军马的草原，难以组建与草原民族一争雄长的骑兵部队。我的个人看法是景德年间，宋朝与辽朝签订"澶渊之盟"，标志着汉族所建之中原王朝，放弃了与草原民族一争雄长。

这四个既可以是原因，也可以不是原因。但是最重要的还是唐中叶以后，佛教、道教与儒家文化的融合，深入到汉族士大夫的统治阶层。还有就是孟子思想的流行，王安石以此来改革社会。孟子特别强调王师。我们为什么要打仗？通常我们不打仗，但是有纠纷的时候，就要去干预。在宋朝人的解说中，就没有王师要去打仗的，因为若去打人家，就是不义之战，为什么要去打人家？别人打我们是他不正义，我们不要去对抗他们。宋人就是这样来解释的。最重要的应该是三教合流以后，特别是儒家学说吸收佛教和道教思想以后，国家就不愿打仗，这可以举一些事例。金朝那么强大，到了金朝末期，被汉化了就不能打仗，清朝也是一样，后来被汉化了，到了后期也不能打仗；蒙古人没有坚持汉化，人家回到草原上，还跟明朝打仗。当然这样说虽说有点牵强，但是也说明了一点问题。

四、20、21世纪之交以来对于宋代历史的新评价

20、21世纪之交以来的评价有两点：一个是在原来

的五个社会形态说基础上的评价。到了20世纪80年代有了改变,首先是邓广铭先生说宋朝是中国古代物质文明、精神文明最高的时期。这个说法出来以后,研究明清的学者有点不赞成,怎么就把明清涵盖了呢?我的老师漆侠先生说宋代的经济在王安石变法时期,是中国古代经济发展的最高峰,这就跟过去的说法不一样。90年代以后,对朱熹、"二程"进行了重新研究。学界开始重新认识宋代的思想文化。二是到了新世纪以后,"唐宋变革论"突然一下子兴起,以前我们讲20世纪的唐研究、20世纪的宋研究,都没有讲"唐宋变革论",可是为什么21世纪突然就兴起了?我个人认为主要有如下几点原因:

第一,历史的研究一定和自己的民族、国家的强盛有很大关系,从古到今都是这样,这就好比说"弱国无外交"一样。在20、21世纪之交,中国已经超过西方七国集团中的加拿大,中国的国势转变了,西方也在重新转变对中国历史的看法。比如20世纪90年代后期的美国加州学派(California School),他们不否定宋代是高峰,但是他们认为明清有个更高的高峰,超过了宋代,中国经济发展是持续高峰。甚至还有些人说，宋代的人均收入已经达到四百美元了，不知道他们是怎么算出来的。这主要是明清史学家讲的，实际上就是对中国史学的重新认识。研究宋史的学者看到"唐宋变革论"的时候，西方学者已对明清的经济问题进行重新评价了，但是"唐宋变革论"把宋代整体评价成世界领先，很容易得到中国大多数中青年学者的认同，于是中国学者也会跟着这么说。虽然加州学派在给明清翻案，但是从整体的世界历史来讲，明清是不能跟西方比的。西方的工业革命后，尽管清朝在经济总量上超过西方，但是无法跟西方的社会经济的进步相比较。而宋史学者仍在强调宋代是世界领先。我觉得青年学者很愿意接受这种观点，特别是还有一些人不是我们宋史学者也接受这个观念。这个观点在宋代研究的其他领域也很受吹捧，譬如在宋代思想史、宋代文学史、宋代艺术史等研究领域。这是因为日本学者讲文艺复兴，他们要讲中国的文学艺术和学术思想，不管政治是否腐败，一讲思想文化，还有平民化、复古的特征，就认为跟西方的文艺复兴是很相近的。"唐宋变革论"中的贵族平民化、政治世俗化等特点，很符合宋代文化的特点，能够揭示其政治背景、历史背景，这是非常典型的观点。后来我看到很多研究艺术史的学者也都是这样认为的，可是宋史学者不是这么认为的。

我也举过非常典型的例子，比如邓广铭学术奖励基金评奖正好是从2000年开始评，到现在为止，已经评出了三十多部获奖作品，没有一部是讲"唐宋变革论"的。这个评奖主要是评审50岁以下学者的研究成果，不评50岁以上的人。这就表明从21世纪开始到现在，我们的中青年学者没有多少人关注"唐宋变革论"。我最近在《光明日报》《古代文明》发表文章都讲，应该走出"唐宋变革论"，或唐宋史研究应该翻过这一页。实际上我跟现在的很多人不是一个观点，我认为唐宋变革对中国历史的研究有很大的贡献，但是毕竟过了一百年，为什么还要嚼人家嚼过的东西呢？这就没有意思了。而且它有很多东西，已经被证明不符合我们中国历史的情况。从学术渊源上，他们是从西方文艺复兴的角度来讲的；从政治上，他们是为侵华而做的；然后从历史研究来讲，他们只是承认本土中国，对辽金，他们有另一个"征服王朝说"。现在的宋史学界，很多人研究宋史的问题，还是深受影响的，比如士大夫、精英社会，这些统统都是在"唐宋变革论"之下的讨论题目，美国人、日本人在做，中国的一些学者也沿着这个路径在走，所以我写那篇文章，希望我们能翻开新的一页。

另外，对21世纪以来宋史研究的新评价，就是把日本的"唐宋变革论"重新炒作，既不是邓广铭、漆侠的那个评价，也不是有新的评价，所以我说应该翻过这一页，要有新的评价。可是有人就会说，你为什么不做一个新的开拓？像去年在上海开"新史学报告会"上，我就讲走出"唐宋变革论"，很多的宋史同行说，那你既然看到了这个不足，你应该写出新的不同来。后来我看到《中国史研究动态》，他们在讲2017年的国内史学研究的时候，专门提到我对"唐宋变革论"的质疑，说我破了，没有立。我一想为什么要立？我讲的是10到13世纪的中国史，你们讲"唐宋变革论"。宋朝是10到13世纪中国历史中的一部分，包括辽、西夏、金这段历史，可是你现在的"唐宋变革论"把辽、金、西夏抛开了，你讲北宋还好，讲到南宋，地方更小，然后你讲元明清为了跟"唐宋变革论"拉扯到一块，那就只讲江南地区了。所以你看你研究的格局，从北宋到南宋，然后再到江南的历史格局，越来越狭小。对这样的东西，我为什么要去立？如果我要立的话，就立一个"宋型"国家，或者立一个 10 到 13 世纪整体的中国历史。好了，我的演讲到此结束，谢谢大家！

主持人闫建飞老师：非常感谢李老师精彩的讲座，讲座持续两个多小时，在岳麓书院的讲座史上是非常少见的，听完以后，收获非常多。李老师主要讲了两个问题：第一是如何看待"厓山之后无中国"的问题，第二是如何评价宋代"积贫积弱"的问题。这两个问题其实是纠缠在一起的。"厓山"之后无宋朝是一个史实，大家没有什么疑问，但是在"厓山"之后，到底有没有中国，它其实是一个历史评价问题，李老师展示了他对这方面的精彩认识。

我们经常提到"厓山之后无中国"，以前的学者，如元史学者一般解释为是汉人传统政治文化的终结，比如在君臣关系上，从宋代的"与士大夫共治天下"，到元代的主奴政治。而日本学者以及傅斯年，李老师也解释了他们也是从汉人政权的角度进行解释的，但是汉人政权或者汉人政治文化的终结，其实跟中华文化或者是中国这样的问题，并不是完全对等的。所以李老师对这样的问题做了一个相对否定的回答。他是从一个大中国的角度，或者是从中华民族的角度进行了回答。他说元明清以后，元明清人对宋代历史的评价，包括他们的一些定位，可以看出汉族政权虽然不再彰显，但是汉人民族创立的华夏文化，其实已为元明清所继承，而蒙古族、满族在华夏文化的基础上，在边境的经营上，对于现在的边疆地域是起奠基的作用的。所以"厓山"之后，其实是汉族和少数民族共同创造了当今的中国，也进一步建立了现在的文明史。"厓山之后无中国"，我们说中国，首先大家要明白这个"中国"是什么意思。

另外，关于对宋代的评价，尤其是"积贫积弱"说，我听完了李老师的讲解之后，也深受启发。他对于这个问题的回答并不是简单的肯定或者否定，而是将这个问题拆解开来，比如大家谈论"积贫积弱"是从什么角度去谈论的，我们从什么角度可以去认识。关于"积贫"说，他在展示宋朝经济繁荣的同时，也展示了宋代面临的财政匮乏的问题。关于"积弱"说，宋代在军事上不擅长进攻，对于防守是比较在行的。从这个角度可以看到，我们对宋代可以有更加具体的认识。听完这讲座以后，我收获良多，如果大家有什么问题，可以直接提问。

师友杂忆

漆侠师塑像落成揭幕仪式上的发言

各位来宾、各位学兄，同学们：

今天为先师漆侠先生塑像落成揭幕，是一个庄严的时刻，由于疫情不能亲到现场参加仪式，在先生塑像前行弟子叩拜之礼，甚是遗憾和抱愧。为先生塑像，是我心存已久的一个念想。早在2001年11月6日先生追悼会后，我就曾动议由先生的同门弟子出资为先生塑一尊半身铜像置于宋史中心，当时因种种原因未获批准，一直以为憾事。今天从视频和照片上看到先生的塑像，真是百感交集，思绪万千。看到塑像有说不出的亲近，因为先生塑像参考的那张最传神的图像，当年拍摄时我就伴随在先生身旁。

日月如梭，转眼就是20年，现如今我也到了投老之年，爱忘事，总是留不住近期的记忆，但是从1987年5月2日至2001年11月2日跟随先生学习、工作的14年光阴，却依然历历在目，恍如隔日。今天先生塑像的落成就是在中国史学界树起一座纪念丰碑。先师的道德文章和伟大人格永远值得敬仰和传承。

20世纪中国史学以1949年为分水岭，此前以实证史学为主流，此后马克思主义史学占主导地位。先生学术道路的起始正处在这两大史学转关之际，因而均给先生的学术道路打上了深深的烙印。先生既深得北京大学实证史学风格的真传，又直承马克思主义唯物史观的照耀，并且终其一生笃信马克思主义。先生是新中国培养的第一代最具代表性的马克思主义历史学家。

正是受20世纪中国两大主流史学的交替熏染，先生始终强调材料与史观的统一，历史学科建立在客观历史实际的基础之上，因而包括文献和实物在内的各种材料是第一位的；而对史料的诠释和运用则决定于史学工作者的主观认识，主观认识的正确与否又决定于史学工作者的观点和方法。先生说："一部有价值的、优秀的历史著作，像司马迁的《史记》，越是能够'于序事中寓论断'，即观点和材料密切结合，就越有感染性，产生巨大的影响。"

先生治史的另一个突出特征是他始终坚持人民的立场，即站在社会历史下层民众的立场上，对历史上的国家暴政和不平等制度进行揭露和批判。

先生在近60年的治史生涯中，取得了辉煌成就，表现在三个方面：其一，先生的治史领域宽广，侧重中国农民战争史、中国古代经济史和宋史，尤擅长宋史研究。先生生前发表、出版各类论著520万言。20世纪20年代以来，特别是80年代以来，国内宋史研究取得了长足的进步，在宋代典章制度、政治史、经济史、军事史、法制史、文化史、文献整理等专门、专题、部门领域取得不俗成就的名家或佼佼者应当说不乏其人，但是若从研究水平之高、研究范围之广、研究内容之深、研究格局之大的论著来衡量，当属先生独步，迄今无人企及。先生是继邓广铭先生之后的又一卓有成就的史学名家，是"宋史学界的又一位泰斗"，曾入选《中国大百科全书·中国历史》历史学家词条。

其二，先生不仅是一位著作等身的创作者，而且是一位学术领袖式的人物。先生曾担任两届中国农民战争史研究会理事长，从1991年至2001年逝世前担任中国宋史研究会会长，除此外还长期担任河北省历史学会会长，对于中国农民战争史研究、宋史研究和河北省的历史研究起了积极的推动作用。

其三，先生的学术贡献既表现在他高水平的研究论著上，同时在教书育人上亦有突出表现。自1982年到去世之时，先生先后培养硕士、博士研究生60余人。有资深学者在纪念先生逝世周年时说："在宋史学界，不妨这样说，在20年前是邓门弟子遍天下，而如今却是漆门弟子遍天下。不少有成就的中青年学者都是经过漆侠先生培养的。漆侠先生向他们不仅传授了高学识，也传授了好学风。"近10年内有3位漆门弟子获得教育部长江学者特聘教授称号，这在国内中国古代史学界是非常突出的。

精于规划，勇于追求，是先生突破环境局限，开创大格局研究领域的重要因素。先生创建河北大学宋史研究中心被学界称作是"无中生有"的典范，从1983年组建宋史研究室到2001年3月被评定为本学科唯一的教育部省属高校人文社会科学重点研究基地，在不到20年的时间，河北大学的宋史研究从无到有，再到成为国内外宋史学界瞩目的研究重镇，先生的学术魅力、魄力和学术贡献于此可见一斑。

先生一生对学术都有一种强烈的责任感和使命感，只要有益于学术研究，只要有益于学生的成长，他都会毫无保留地贡献出来。他把自己视为学术的一部分，也把他的学生视为学术的一部分，始终提携、鼓励肯于钻研学术的人。他的学术追求和学术道德是崇高的。

正直、真诚、勤奋，这六个字是中国史学界同行、门人、朋友对先生高度评价的最好概括。

山高水长，师恩无限。先生的音容风貌将与日月星辰共韶光，先生的治史思想和伟大的人格精神将永远被铭记在我们的心里。

谢谢大家！

大家风范——漆侠先生与他的历史研究

2001年11月2日,漆侠先生遽归道山,曾有媒体用"中国历史学界地震"作为报道标题用语。苏轼曾用"灼见天意,将有非常之大事,必生希世之异人"来感叹王安石的离世。漆侠先生是20世纪研究王安石最有影响的学者之一,就中国20世纪的历史学大家而言,漆侠先生可称为其中的"希世之异人"。

漆侠先生1923年生于山东巨野,从小就显现出过人的读史天赋,喜欢读历史故事、名人传记,尤喜爱历史上的民族英雄,岳飞、文天祥、史可法的故事。小学还没有读完就逢"九一八"事变,抗战爆发,山东沦陷,漆侠先生从此过着颠沛流离的生活。图存救亡,全国掀起了爱国高潮,而当时史学救国也是学界的一大追求,这无形中促使从小喜爱读史的漆侠先生走上了以治史为终生奋斗目标的道路。1941年,漆先生未满18岁,来到四川绵阳国立第六中学读书。高中期间，漆先生读完了前四史，通读过除《清史稿》以外的二十四史。笔者的印象中，漆侠先生对前四史尤为熟稔，不仅常于嬉笑怒骂中借用前四史的典故，而且前四史的灿烂文采和史识直接影响了漆侠先生的治史风格。在高中阶段，漆侠先生还读了江藩的《汉学师承记》、皮锡瑞《经学历史》、赵翼的《廿二史札记》、梁启超的《历史研究法》等。1944年考入西南联大，漆侠先生说，刚入学时为猎取历史知识，真正是"兼容并包"，诸家通史如翦伯赞、张荫麟、钱穆、邓之诚等人，甚至连缪凤林的，无不在阅读浏览之列。读二年级时，漆侠先生打算学习断代史，特别是唐宋史，通读了《旧唐书》和《宋史》。1946年秋后转入北京大学历史系学习，引起了邓广铭先生的注意，选修了邓广铭先生开设的《宋史专题研究》课，1948年毕业后旋考入北京大学文科研究所史学部攻读研究生。这一年北京大学文科研究所史学部文史哲三个专业只录取了8人，漆侠先生遂成为邓广铭先生的第一个入室弟子。

20世纪中国史学以1949年为分水岭，此前以实证史学为主流，此后马克思主义史学占主导地位。漆侠先生学术道路的起始正处在这两大史学转关之际，因而均给漆侠先生的学术道路打上了深深的烙印。漆侠先生晚年对他在西南联大和北京大学读书时的老师总是念兹在兹，经常会提到汤用彤、冯友兰、郑天挺、向达、季羡林、周一良、张政烺等先生的名字。漆先生在本科、研究生学习期间已开始接触马克思主义史学，读过翦伯赞《历史哲学教程》、郭沫若《中国古代社会》，1949年中华人民共和国成立后，开始系统学习马克思主义经典著作。当时马克思主义经典著作的中译本都是以单行本的形式出版，每出一本漆侠先生都仔细认真阅读，边读边写读书笔记。毛泽东的《实践论》《矛盾论》对漆侠先生也有很大影响。1951年因教育体制改革，没有举行论文答辩，肄业后，应范文澜先生的邀请，漆侠先生到中国科学院近代史研究所《中国通史》组工作。这一时期是漆侠先生由过去的实证史学向马克思主义史学转变的关键时期，范文澜先生鼓励漆侠先生学习马克思列宁主义，并在业务研究中加以运用，只有这样才能在历史研究上有大的突破。对此，漆侠先生更加努力学习经典作家的著作,他说,"有些经典作家的书,都是从范老书架子上借走的"。1952年,《历史教学》开展评价史可法的讨论,范文澜先生鼓励漆侠先生撰写文章,漆侠先生初次运用辩证法的理论撰成《关于史可法的评价问题》,《历史教学》在刊发的同时,并加了编者按:"关于史可法的评价问题自在本刊展开讨论后,很多读者都参加了讨论,但因本刊篇幅所限,很多稿件未能发表,现漆侠同志寄来关于史可法的评价问题一稿,本刊讨论结果,认为所提意见,均与本刊意见一致,兹特发表作为史可法评价问题在本刊讨论的结束。"由此可见,漆侠先生既深得北京大学实证史学基本信念和原则的真传,又直承马克思主义唯物史观的照耀,漆侠先生是中华人民共和国培养的第一代最具代表性的马克思主义历史学家。晚年时他欣然接受学界说他是真心学习马克思主义、真心信仰马克思主义、真心运用马克思主义的评价。

20世纪前半叶宋史研究的主题多是围绕当时图存救亡和富国强兵等问题而展开,王安石新法颇受学界关注。漆侠先生读了梁启超等人关于王安石及新法评价的著作,认为这些论著，对王荆公新法的研究还很欠缺，还有重新研究之必要，亦即漆侠先生始终认为王安石变法不能仅限于就王安石变法研究王安石变法，而是应当作为北宋时期最为关键的政治、经济问题来研究，因此他的大学和研究生论文都是以《王荆公新法研究》为题的。从北大肄业后漆先生仍然继续深入研究，直到50年代后期，浸透他很大心血的《王安石变法》出版。这部书的问世在国内产生巨大影响，有关王安石变法原因、性质、过程的论述乃至史实考订大都被编入大、中学教材，成为研究王安石变法的范本。邓广铭先生在总结自南宋至20世纪对王安石变法的评议、研究时认为，八九百年来，大多数论著不是因为材料欠缺，就是因见识不高而未能真正客观地评价王安石变法，只有"在50年代后期，上海人民出版社印行了漆侠教授的《王安石变法》一书，对于熙宁新法进行了认真的探索，超越了前此所有的同类著作"。这个评价是符合事实的。尤其是将变法原因归结为改变北宋"积贫积弱"，就是漆侠先生对自南宋以来至新中国成立初期论述宋王朝国势特征的高度概括，这一概括曾在国内广为流传，一度被视作评价宋王朝的代名词。虽然近二三十年的研究使大家对宋朝的经济文化发展有了全新的认识，但是宋朝在财政、军事上的"积贫积弱"仍然没有一个可以更准确概括的名词来代替。《王安石变法》在港台地区、新加坡、日本、苏联、德国都有流传，可以说是漆侠先生的成名作。

1953年转入河北大学的前身天津师范大学工作以后，漆侠先生的研究重点逐步转向中国农民战争史的研究。中国农民战争史是中华人民共和国成立以后新兴的学科，漆侠先生以较大的精力和热情投入，而且很快成为研究中国农民战争史的中坚。改革开放以后，中国农民战争史研究会成立，漆侠先生担任第二、三届理事长。虽然自20世纪80年代中期以后中国农民战争史的研究渐趋沉寂，但是漆侠先生对于中国农民战争史的兴起和意义的论述直到今天仍然是很有价值的。漆侠先生说："1949年全国解放，为建设社会主义新中国，不仅对旧社会遗留下来的污泥浊水要涤荡干净，而且更加重要和艰巨的是，在意识形态领域里要树立以马克思主义为指导的新的人文社会科学，以适应社会主义的需要。长时期被地主资产阶级歪曲、颠倒了的历史，理所当然地要受到冲击、批判，并重新颠倒过来。在几千年的旧社会里，广大农民为获取物质生活资料从事了艰辛的劳动，他们创造了丰富多彩的文化、养活了贵族地主资产阶级，而他们自己则经常地在饥饿线上挣扎，为争取生存权，则又受到剥削阶级的残酷镇压和血腥屠杀。这种历史状况，经过50年代以来的探索、批判、争论，人们终于认识了它的本来面目：被鄙视为'群氓'的广大农民，以及所有劳动者，才是历史的创造者，才是推动封建社会前进的真正动力。中国农民战争史就是在这样的历史条件下建立起来的。尽管这门学科还存在种种问题，但还是值得肯定的。"

漆侠先生研究中国农民战争史突出特点是，除清代以外，几乎涉猎秦末、汉代、魏晋、隋末、唐末、宋代、元末、明末各个时段都有专题性讨论，且始终把握中国农民战争史研究的发展方向和脉络。尽管中国农民战争史研究沉寂多年，但是漆侠先生的研究不仅在当时是一流的，到新世纪以来仍得到顶尖历史学家的赞誉。日本著名学者谷川道雄就曾称赞漆侠先生的《隋末农民起义》"有水平有见解"，"对刘黑闼起兵问题讲得好"。著名秦汉史专家王子今先生说漆侠先生的《秦汉农民战争史》即使不单从农战史而是从秦汉断代史的角度去衡量，这部书的取材和议论仍然是第一流的。

进入20世纪70年代，漆侠先生逐步转向宋代经济史研究，促成这种转变有两个原因：一是王安石变法与宋代社会经济有着广泛的密切联系，随着王安石变法研究的逐步深入，漆侠先生以为需要更多的社会经济史方面研究的支撑才能解释王安石变法中诸多重大问题的深层次原因；二是马克思主义经典作家特别强调社会经济在历史发展总过程中具有重大意义和决定作用，这是漆侠先生将研究方向转向社会经济史的根本原因。起初，漆侠先生想写一部中国封建社会经济史，既能观察宋代经济发展的历史渊源，又能观照农民起义的社会原因和性质，对于推进中国农民战争史的深入研究也大有裨益。但是从20世纪50年代中叶开始积累资料的漆先生，发现一个人写一部中国封建社会经济史，精力和时间都不容许，于是开始专注宋代经济史研究，一边搜集资料一边积极参与中国农民战争史的研究，到"文化大革命"开始前已搜集宋代经济史材料六七十万字。不幸的是，漆侠先生因为让步政策问题，被多家报纸点名公开批判和抄家，自读书上学时代积累起来的卡片资料，包括宋代经济史方面的资料在内，约三百万字的资料和其他文稿都被抄走，直到1973年结束劳动改造回到教学岗位，重新开始了宋代经济史的研究工作。那个时候搜集资料很不容易，漆先生利用教学之余经常穿梭于天津、北京和河北的各大图书馆，沉浸于文献的海洋之中。有关宋代第一手资料，包括文集、小说笔记、史籍、方志等，即由宋人记录下来的文献资料，有一千多种。漆侠先生给自己定了一个目标，不看完700种，决不动手。到70年代末期，漆先生已积累了一百四十多万字的资料，开始了《宋代经济史》的撰写。又经过三年多的努力，到1981年底完成了《宋代经济史》的初稿。

自20世纪初以来，中国经济史研究受经济学和社会学的影响，形成多种派别，不过多将经济发展水平或生产力提升作为重要的对象和标准。特别是日美学者自20世纪五六十年代对宋代经济有较多研究，一致认为宋代在经济上、生产技术上为当时全人类农业社会中最繁荣的。尤其是近十多年来西方学界用人均美元产值给以更高的估计。漆侠先生的宋代经济史研究虽然也强调和注重农业、手工业、商贸、城市、货币等经济发展水平和生产力的提升，甚至认为宋代经济发展是中国古代"两个马鞍形"中的最高点，但是更注重社会经济关系变化对历史发展的制约作用和关注社会阶层地位的形成、变动以及阶层之间的矛盾对社会历史发展的影响——这两个马克思主义经济史研究的基本方法，从而深刻揭示宋代社会经济生活中的社会矛盾和巨大的贫富分化——在社会经济发展的光环下，大多数平民百姓依然过着食不果腹、衣不遮体的贫困生活。可以说漆侠先生的《宋代经济史》真实反映了宋代社会经济生活的全貌。2009年《宋代经济史》被中华书局收录于《中国文库·新中国60年特辑》。

进入20世纪90年代，漆侠先生的研究重点转向宋学的发展和演变。在20世纪80年代以前有关宋代的学术思想，基本是按照明清之际黄宗羲、全祖望等编写的《宋元学案》定下的模式来书写的，即以程朱理学涵盖宋代学术的主流思想，晚清所谓的宋学实则是程朱理学的代名词，这种状况很不符合宋代学术发展的实际。邓广铭先生在80年代撰写的《略谈宋学》一文中，就指出"应当把宋学和理学加以区分"。宋学和理学的关系是，宋学可以包蕴理学，而理学则仅仅是宋学的一个支派。漆侠先生的宋学研究是在邓广铭先生的基础上向前推进，从1994年初步撰写出大纲，到遽归道山时，《宋学的发展和演变》这部书稿只完成了不到四分之三，最后南宋中后期有关陆九渊、朱熹学术思想的最重要的三章未及提笔，留下不可弥补的遗憾。漆侠先生的这部未竟书稿有两个重要取向：一是恢复王安石学术思想在北宋的主流地位和贡献。漆侠先生认为近代学者对荆公学派虽然作了广泛的研究，使荆公之学为世所知，从而与《宋元学案》有所不同，但也没有把荆公学派安置在当时学术界的主导地位上，甚至安置在"二程"理学派之下，这尤其是违背历史实际的。把刚刚形成、在社会上还没有多大影响的理学，置于得到政府大力支持、在学术上起着决定性作用的荆公学派之上，是无甚根据的，因而也是不恰当的。二是恢复宋代从北宋王安石到南宋叶适、陈亮重实际、讲实用、务实效的主流思想路线。漆侠先生以为宋学之所以在南宋逐步地衰落，宋学之所以蜕变为理学，也就在于经世致用之学与社会政治生活日益脱节，仅限于著书立说，仅限于道德性命之类的空谈。把经世致用之学运用到社会实践上，不论其成功还是失败，都是值得注意、值得探讨的。正是这个关键问题，为过去的研究者们所忽视，从来无人涉及。漆侠先生虽然没有来得及完成书稿的最后撰写，但是在他留下的有关宋代学术思想总看法的只言片语中，已透露出他的研究与当今绝大多数中国思想史不同的想法，亦即重新认识20世纪以来中国哲学研究取得的成就，以及中国哲学史研究所面临的困境，只有恢复历史的本来面目，中国哲学史研究才会有广阔的道路。一句话，中国哲学史用程朱理学涵盖宋代学术思想是极其片面的，程朱理学在形而上较前代确有巨大进展，但是社会思想、政治思想则脱离实际流于空疏。漆侠先生的宋学研究的最大特点是以历史学家的视角从社会历史大环境的变迁中把握学术思想脉络，从而有别于中国哲学史家强调从思想到思想内在理路的道统传承取向。

漆侠先生生前发表、出版各类论著有520万言，2008年河北大学出版社出版了十二卷本《漆侠全集》。20世纪20年代以来，特别是80年代以来，国内宋史研究取得了长足的进步，在宋代经济史、政治史、典章制度、军事史、法制史、文化史、文献整理等专门、专题、部门领域取得不俗成就的名家或佼佼者应当说不乏其人，但是若从论著研究水平之高、研究内容之深、研究范围之广、研究格局之大来衡量，当属漆侠先生独步，迄今无人企及。漆侠先生之所以能取得这样高的成就与他独到的史学研究方法分不开。概言之即是在史学研究方法上强调观点和材料的辩证统一。辩证统一，是辩证唯物主义的基本观点，即当人们认识事物的时候，既要看到事物相互区别的一面，又要看到事物相互联系的一面，亦即从事物发展的总体把二者有机统一起来，以达到全面认识事物的目的。漆侠先生的治史方法深得辩证法的精髓。20世纪五六十年代和改革开放前十年，关于史与论的关系，曾有过热烈讨论，形成了三种基本观点，即"以论带史""论从史出"和"史论结合"。但是在漆侠先生看来不论是"以论带史",还是"论从史出"或是"史论结合"都不能完全正确反映马克思主义历史学的基本特点。在马克思主义的历史学中"论"和"史"是不可分的,它们之间是有机的统一体。"古往今来的历史著作,不论它属于哪一种类型,亦不论它的成就高低,总是以一定的观点统率相应的材料来叙述、说明各该时期的历史,服务于各该时期的政治和经济。一部有价值的、优秀的历史著作,像司马迁的《史记》,越是能够'于序事中寓论断',即观点和材料密切结合,就越有感染性,产生巨大的影响。"这个看法是基于两方面的认识:一是史料占有永远是第一位的;二是没有观点的单纯考据是不存在的,或者说绝对客观的材料不存在。材料有精粗真伪之分,排列有先后之序,材料的取舍和排列,就有一定的标准和观点,这哪能够说观点不起作用?抛开这点不算,只排比史料,不加自己的语言,但材料本身,从来就是打上了阶级烙印,表现了它的观点的,纵然不用自己的语言申明自己的看法,但在"冥冥之中"被排比的材料中的观点牵着鼻子,成了这些观点的俘虏的人是有的。没有观点的单纯考据是不存在的。人不能生活在社会的真空中，因为社会并没有真空。人出生到现实世界，不是受这种主义就是受那种主义的影响和支配，不是受这种思想就是受那种思想的影响和支配。这一点人们或者自觉，或者不自觉，但在社会现实中是无可避免的。漆侠先生强调观点材料的统一，就是强调马克思主义唯物史观与历史材料的统一。

漆侠先生一生对于学术研究执着而自信，有铮铮傲骨。早年读书就以佛儒警句"应无所住而生其心""主一无适谓之敬"作为坚持自己已经抉择的方向和事业的座右铭并且努力践行。漆侠先生的一生也充满了艰辛和曲折。20世纪50年代因耿直性格、为人仗义执言而被错误打成"反党小集团"成员，60年代因坚持"让步政策"的观点在"文化大革命"当中被打成"三反分子"，关进"牛棚"劳动改造，直到1973年才被解除劳教。漆侠先生并不因遭遇这样的逆境而消沉，也没有放弃对学术的热爱。最可贵的是，他利用可以利用的所有有限条件，用读书和搜集资料排遣自己的困苦。

漆侠先生对于自己的研究观点一向是颇为自信的，这种自信来自他对第一手材料的充分占有、考订和他对理论的认真学习及深刻领会，两者有机结合达到史观与材料的统一，由此提出自己的认识和看法。因此漆侠先生从不随波逐流，若是有改动那也是在原来的基础上进一步研究材料和学习理论提出新的补充，更坚定自己的研究观点。如《王安石变法》从1959年初版到2000年生前最后看到再版，不因学术界讨论的大起大落而改变，而且仍然坚持初版代绪论中对南宋以来至民国梁启超、胡适、钱穆对王安石及其变法研究的批评意见。用漆侠先生自己的话说："这次付印，依然照旧，未加改动。其所以如此，留下青年时期的痕迹，作为老年缺乏这种锐气锋芒的一个慰藉吧！"

漆侠先生自20世纪50年代中期进入高校以后，一直钟爱教育事业，直至生命的最后阶段仍然坚持在教学第一线。特别难能可贵的是，漆先生把科研与教学有机地结合起来。他说，只要我还在教学，我就一定要用新的研究指导学生，我若不能再写文章，我的教学也就终止了。在漆侠先生的精心培育下，近十年内有三位漆门弟子获得教育部长江学者特聘教授称号。

漆侠先生倡导教学相长，总是鼓励年轻学者应当到教学第一线去承担一些教学任务，这有利于扩大知识面和开阔思路，并以自己的亲身经历来说明教学对增强科研能力的作用。他以为自己之所以在一些带有贯通性的大的问题讨论中能发表自己独立的看法，就是因为在讲授通史课中发现难点和问题，知道自己的不足，从而激励自己更加努力去学习和提高。

漆侠先生一生对学术都有一种强烈的责任感和使命感，只要有益于学术研究，只要有益于学生的成长，他都会毫无保留地贡献出来。他把自己视为学术的一部分，也把他的学生视为学术的一部分，始终提携、鼓励肯于钻研学术的人，希望年轻人早成才、多出成果，要有超过老师的雄心和勇气，要有点做学问的豪气和傲气。长江后浪推前浪，学生胜过老师是规律，但是学生永远是站在老师的肩上，因此一定要认真学习老师和前人，不能轻易否定，只有在前人的基础上才能有新的进步。

（原刊于《光明日报》2022年1月9日，题名:《史料·史观·史学——漆侠与他的历史研究》。）

追忆田昌五先生

我知道田昌五先生的大名是在兰州读大学的时候，读过田先生有关农战史和论述亚细亚生产方式的文章。第一次听田先生讲课是在大学三年级第二学期（1981年6、7月间），田先生受兰州大学之邀主持赵俪生先生的研究生答辩会，其间又受金宝祥先生之邀到我们学校西北师院作学术报告。田先生讲演的主题是有关亚细亚生产方式与古代社会形态，讲课地点是在平时上课的教室。田先生穿一件中山装外套，里面是衬衣，他不上讲台，只站在靠近教室门口左边的第一排，系里办公室老师临时搬来一个小课桌，放一杯茶水，一个烟灰缸，一包烟。田先生进入教室后，系主任金宝祥作了简单的介绍，田先生把衣袖往上一撸就开讲，先是依次简要介绍亚细亚生产方式讨论的由来和学界讨论的几种代表性观点，然后介绍马克思主义经典作家的论述，然后针对学界的各种观点进行一一批驳，最后阐述自己的观点，以为学界对亚细亚生产方式的理解都不符合经典作家的原意，只有他是正确的。从早上8点上课开始，一直到中午12点，整整4个小时没有间歇，没有讲稿。田先生一支接一支地吸烟，半天下来大致抽了大半包烟，喝了七八杯茶。田先生记忆很好，经典作家的论述如数家珍，娓娓道来，分析、批驳思路清晰，逻辑分明，着实令人敬佩不已。

田先生在兰州大学主持赵俪生先生的研究生答辩会，当时答辩委员会要报请教育部批准。赵先生的这一届研究生现在来看都是很优秀的，多成为中国古代史有影响的学者，但当时的答辩会曾引起不小的风波。对于风波的描述有好几个版本，1990年3月，赵先生夫人高昭一《回首忆当年》曾有较为详细的回忆，但主调是说赵先生请答辩导师不够慎重，兰大一些老师、干部搅局。具体的细节因我没有参加不能置辞，但当时我的母校西北师院既有参加答辩会的答辩委员，也有列席的旁听者，他们的说法是另一个版本。我听到的说法是田先生答辩时提的意见很尖锐，有些问题对赵先生多有冲撞，赵先生很生气，当场发作，遂拂袖而去，答辩不能进行下去，田昌五先生也随即表示不再主持并要求返京。兰大校方为打破僵局，劝解两位先生，但都未果。于是有领导做田先生的工作，说田先生比赵先生小八岁，先放低姿态吧。田先生按兰大校系的意思登门向赵先生主动示好，但当田先生登门之时，赵先生开门一见是田先生，随即关门，让田先生吃了一个闭门羹。田先生对陪同的兰大相关人员说现在责任不在他了，请立即买票送他返回北京。兰大相关人员只好送田先生返京。1990年田先生出席我和师兄程民生的博士论文答辩会，我曾侧面问及此事，田先生不愿多谈，但对西北师院的版本基本认同。后来在2013年参加四川大学举办的一个学术研讨会上，向李蔚先生请益时也曾问及此事，也得到肯定。

不过，葛金芳先生作为当时赵先生的五个学生之一，他在《葛金芳教授七十寿庆文集》的序言中专辟一节《答辩风波》，对答辩过程中唇枪舌剑的紧张气氛有较为详细的描述，应该是第一手资料。本来一场最多五天的答辩，最后竟拖延了一两个月，而答辩结果则要到当年10月才出来，可见这是一场不小的风波。葛金芳虽然详细描述了答辩过程，但没有涉及田先生与赵先生之间的个人恩怨。特别有趣的是，经过答辩风波，葛金芳跟田昌五先生还有了很不错的交情："顺便交代一下，1982年夏天，我应中组部、中宣部之邀，参加'全国首届哲学社会科学青年工作者座谈会'，我利用开会间歇，专门跑到田先生在北京近郊的家中去看望他。田先生要留我吃饭，拉我一道去菜市场买鱼。他在路上问我：'毕业答辩会上，你怎么那么傻？难道你不知道伟大领袖的教导？你只要回答农民战争推动了租佃经济的发展就可以了嘛，为什么推三阻四，一再拒绝回答？'我老实相告：'我当然知道领袖教导，但是我对农民战争确实没有研究，如果您再追问是如何推动的，我一个字也答不出来！'田先生似乎理解了我当时的'深层考虑'，话题就转到别的方面了。"这段叙述从一个侧面说明风波中的个人恩怨在后来的传播中被有意识地夸大了，当时条件下的学术交锋应是风波的主流。

这件事虽然过去四十年了，旧事重提不是为了猎奇，而是以为对学习和研究历史都有很大警示，当年发生的事在不同的讲述人口中都有很大出入,更何况古代资料?这从一个侧面说明对历史资料的真伪辨别一定要持慎重的态度,"虽有疑狱,合众证而质之,必得其情。虽有虚词,参众说而核之,亦必得其情"。

再次见到田先生已是9年之后。1990年6月,我和师兄程民生博士毕业,漆侠先生请宁可先生和田昌五先生分别做我们的答辩主席,答辩头一天我负责分别迎接宁先生和田先生。接到宁先生后,宁先生要求直接去学校招待所,田先生则要求直接去漆先生家。一进漆先生家门,田先生把衣袖往上一撸,大嗓门连喊两声"嫂子",把带的礼品交给师母,说给小孙子的,接着又问:"嫂子,今天有什么好吃的?有好酒吗?"然后就跟漆先生轻车熟路地走进书房。田先生虽然跟漆先生称兄道弟,但答辩时还是极认真的,提的问题多是理论方面的,大都很尖锐。我的毕业论文是关于宋代酒的生产和征榷,田先生对我在论文中提到的秦汉魏晋时的屯田营田等制度,说不能与土地所有制相提并论。征榷制度是中国古代经济史中的大问题,与国家、商人和地主的关系很能折射中国古代社会的典型特征，酒只是禁榷制度的一种，有特殊性，但不如盐铁茶等更有普遍性，所以如何把控还需今后继续关注。当时宁可先生也提出中国古代专制主义集权越来越强化，而禁榷制度一般都与专制主义强化分不开，但是酒的征榷到明清却并不严厉，这是为什么？田先生和宁先生的评议我当时基本不能回答，经过多年的思考，我最近写了一篇论文《宋代财经政策与社会经济》，在某种程度上就是想回答两位先生当时的提问。

20世纪90年代中期以前各高校博士点不多，国内宋史大致只有北京大学、河北大学、杭州大学和云南大学四个点。我1990年留在河北大学工作以后，田昌五先生和宁可先生还多次到河北大学参加和主持硕士、博士生

以上两图为本书作者博士毕业答辩现场

答辩。故也多次能见到田先生，在漆先生招待田先生和宁先生的宴会上，也多有机会与田先生同桌饮酒。田先生好酒，但酒量

本书作者博士毕业答辩后与答辩导师合影

确实不大，几杯下肚，就脸红，但是也因酒特别放得开，纵论时事，谈古论今，不时开怀大笑，很是奔放。后来看到《中华读书报》2010年1月13日第3版发表的王春瑜先生写的《怀念田克思》："妙的是，他不时还把酒瓶背在身上，这样的性情中人，我在史学界还是头一次碰到。"虽未曾见识过，但是联想到当年向田先生敬酒的情景还是感到很亲切。

据说田先生在史学界颇有点霸气，王春瑜先生说："在当今货真价实的历史学家中，像昌五那样狂放、个性率真者，我再没有见到过第二个，今后恐怕也不会再有了。"虽然田先生狂放、率真，但对漆侠先生还是有足够的尊重，他们是很要好的朋友。1986年第四届中国农战

这张照片摄于1994年。前排左起：郭东旭、乔幼梅、宁可、漆侠、田昌五、王汉昌、高树林

史研究会，漆侠先生已担任两届理事长，力排众议推举田先生担任新一届理事长。后来田先生想要编写《中国封建社会经济史》，拉漆侠先生共同主编，田先生负责前半段，漆先生负责后半段。漆侠先生也是很有个性的人，对于自己没有深入研究的问题，一般不愿参加合作编写，但是拗不过田先生的再三邀请还是答应了。不过由于漆先生与田先生对于封建社会后半段的发展趋势的看法不尽相同，故这部由齐鲁书社、文津出版社于1996年出版的四卷本著作最后还是主要由田先生主持完成的。

田先生是著名的马克思主义史学理论家，喜欢建构史学体系。听漆先生讲，郑天挺先生去世后，田昌五先生曾给漆先生写信，说现在史学界群龙无首，又处在诸侯争霸的时期，希望抓紧时间早日建构新的史学体系，漆先生说他没有要在史学界做领袖的打算。后来看到王春瑜先生《怀念田克思》，也说田先生对建构马克思主义史学体系的自信，颇有感触。田先生从 80 年代开始着力研究古代社会形态、古代社会断代、中国古代社会发展、中华文化起源等领域，按照自己的想法努力建构史学新体系，先后出版了《中国历史体系新论》（山东大学出版社 1995 年）、《中国历史体系新论续编》（山东大学出版社 2002 年，2009 年山东大学出版社将《中国历史体系新论》和《中国历史体系新论续编》合为一集名为《中国历史体系新论》再版）。可见田先生直到生命的终点，确如他跟漆侠先生所讲，在努力建构自己的马克思主义史学体系。

我所认识的朱雷先生

初次认识朱雷先生是在 1999 年的春夏之际，当时我在河北大学担任研究生处副处长，专管学位工作。当时申请博士学位授权点是全国各地方高校工作的重中之重，河北大学自从 20 世纪 80 年代漆侠、詹瑛、滕大春先后获得中国古代史、中国古代文学和外国教育史三个博士点后，十多年没有再增加博士点，所以我的压力很大。按照当时申报的惯例，要一一拜访掌握生杀大权的国务院学位委员会学科评议组成员，希望能够得到支持。1999 年又是评审年，为争取中国近代史博士学位点的申报，我跟随时任河北大学主管科研的副校长詹福瑞拜访了朱雷先生。好友杨果带我们找到朱先生家，朱先生在家接待了我们。朱先生操着浓重的湖北口音，说话慢条斯理，精神矍铄，当得知我是漆侠先生的学生时，还表达了对漆先生的敬意。记得特别清楚的是，当我们拿出礼物时，朱先生特意给我们指了指悬挂在堂屋正中墙壁上的教育部关于学科评议组成员应当遵守评审规则的文件，表示上面规定不能接受礼物。他还说来拜访的人有很多，络绎不绝，但是请我们放心，评审时他一定会按照条件认真评审，不会徇私舞弊。由此得知朱先生是讲原则的人。

翌年我在京西宾馆又见到朱雷先生。2000年，国家社科基金办扩大社科基金项目会议评审专家，适当吸纳青年专家，河北省社科规划办推荐了我。评审课题的时候，恰好我与朱先生和林甘泉先生分在一个社会经济史小组，召集人林甘泉先生请朱雷先生做我们小组的组长。朱先生和林甘泉先生都是老评委，评审课题很有经验，审阅材料也是极认真的，当然评审的速度也相对较慢，因而吃过晚饭后，朱先生和林先生仍伏案工作到10点以后，很是辛苦。当时评审专家颇能遵守评审纪律。后来我知道当年评审时有朱先生学生的课题，但在评审过程中始终未见朱先生跟任何评委打招呼，而且他的学生的课题是由我主审，我提出了不拟立项的意见，朱先生也没有提不同意见。这个课题的申请人连续申报了三年，经过不断修改，最终获得通过，通过后我才知道课题申请人是朱先生的学生，也是我认识的朋友。这是第二次见证朱先生讲原则，不徇私情。

在评审课题间歇，给我深刻印象是朱先生喜读武侠小说。据说当时有好几位著名史学家如宁可、庞朴、李学勤等都是武侠小说迷，甚至平素外出开会也随身携带武侠小说抽空阅读。当时正值读武侠小说甚为流行的时期，其中金庸、古龙、梁羽生的小说最受欢迎，据说朱雷先生更喜欢古龙的。我虽然也翻过几本金庸的小说，但是确实不甚喜欢，故朱先生是喜欢古龙还是喜欢金庸无从知晓。有一次，傍晚时分，我去朱雷先生房间取材料，朱雷先生房间坐着几位评审专家正在听朱雷先生讲武侠小说，我现在确实记不清讲的是哪部书，但是印象很深的是朱先生讲得很细，绘声绘色，我不敢打断朱先生，便坐下来听。那天我差不多听了半个小时，其实在我之前已开讲半个小时了，由此可见朱先生对武侠小说迷恋之一斑。更重要的是那时朱先生已年过六旬，记忆力之好也令人钦佩。坊间曾传说朱雷先生当年读敦煌卷子，有一残卷分藏在国内和国外，朱先生看到国外所藏残卷，当下指出是国内所藏残卷的卷号。当时听了由衷佩服其功力和记忆。

对朱先生有更多了解是我在西北师大读书时的老同学刘进宝考上朱雷先生的博士研究生之后，通过进宝兄的介绍我对朱先生有了进一步的了解。2000年朱雷先生的第一部论文集《敦煌吐鲁番文书论丛》由甘肃人民出版社出版，由于进宝兄参与了这部论文集的编辑，书出版后，进宝兄给我送了一本。我对敦煌吐鲁番文书纯粹是外行，但是我的硕士导师陈守忠先生是甘肃最早涉猎敦煌学的学者之一，陈先生亲手创建了西北师大的敦煌学研究所，因而耳濡目染对敦煌吐鲁番文书的研究也会关注，特别是后来研究王安石变法期间吕惠卿创"手实簿法"和研究黑水城出土文书的西夏户籍手实，我都会想到朱雷先生的《唐代"手实"制度杂识——唐代籍帐制度考察》及其他大作，便会专门阅读。朱先生对于敦煌吐鲁番文书中河西地区的籍帐、作人、差科、逃户、时沽、税制、授田、买卖契约等社会经济史都有专门研究，且见解独到。西夏的社会经济制度有相当部分继承了唐代以来敦煌地区（包括归义军时期）的制度，西夏学与敦煌学有密不可分的内在联系。所以阅读朱先生的相关研究，给我启发良多。同时我也经常感慨，做西夏史研究应当关注敦煌吐鲁番文书的研究，敦煌藏经洞的封闭是在李元昊攻占敦煌时期，敦煌文书与西夏史有着天然的联系。

2004年9月，武汉大学举行纪念唐长孺先生逝世十周年学术研讨会，我作为中国宋史研究会秘书长、常务副会长受邀参加纪念会，见到了朱先生。当时参会者中有日本著名学者谷川道雄，当年漆侠师在日本讲学曾与谷川道雄过从甚密，我便请朱先生引荐。当谷川道雄先生得知我是漆侠师的学生时，竖起大拇指说："你的老师有水平有见解，十年前他到日本我们有过很好的谈话，他的《隋末农民起义》，我在50年代就读过，他对刘黑闼起兵问题讲得好。"随后与朱先生坐在一起，朱先生谈到，唐先生自50年代就开始接受马克思主义，对国内用马克思主义研究中国历史有成就的学者，都颇为推崇，譬如说胡如雷先生，还有你的导师漆侠先生。大致是因老师的影响而带来的屋乌之爱，我自己深刻感受到武汉大学中国三至九世纪研究所同行对我非常友好。除了朱先生，老一辈学者陈国灿，同辈冻国栋、牟发松学兄和唐先生长公子唐刚卯都对我礼遇有加，让我很是感动。我对朱先生说，我在跟随漆侠师学习工作时，漆侠师每每提及唐长孺先生，总是用很敬佩的口吻给我们讲述唐先生，说先生不仅有很好的考据功夫，而且马克思主义理论水平也很高。也是在这次会上，听到学界对唐长孺学生门人传承的评价：高敏传承了唐先生的魏晋南北朝史研究，张泽咸继承了唐先生的唐史研究，而朱雷先生则是唐先生在敦煌吐鲁番文书研究方面的直接传人。这应是学界对朱雷先生学术成就的中肯评价。

2005年前，每年四五月份国家社科基金会议评审都能见到朱先生。2005年以后，国家社科基金项目评审规则变化，与朱先生见面机会不多。

2010年，武汉大学承办第十三届中国宋史研究会年会，我们住在珞珈山宾馆，朱先生还专程来宾馆看望几位"老朋友"，我也忝列其中。交谈中，朱先生很谦虚地说要请教一个问题：唐代财政制度是量入为出，宋代是否也是如此？我说我了解的可能不全面，宋朝财政制度大部分时间应是量出为入。顺便谈到唐中叶以后府兵制瓦解对唐宋财政的影响，但唐史与宋史研究的取向则不同……当时谈的内容很广泛，可惜现在都记不太清楚了。

今年7月初我曾应杨华兄的邀请到武大做过一次学术报告，其间我曾问询杨华兄是否能拜见朱先生，杨华兄说朱先生近期住在疗养院，我的行程安排又很紧张，恐怕来不及，所以期望下次再拜访。可是8月10日，突然传来朱先生逝世的噩耗，深感震惊。我第一时间给进宝兄打电话，了解情况，也顺便谈起与朱先生的交往，进宝兄嘱我将交往写下来，这是这篇纪念文字的由来。顺志于此。

朱雷先生安息吧！

回忆母亲

——母亲逝世十周年祭

我的母亲,名讳明芝,姓肖氏,1920年7月10日,出生于四川绵竹一个中医世家。我的外祖父当年是享誉方圆百里的名医,摸脉身怀三个月可以断定生男生女。家婆(外祖母)姓黄,娘家是豪绅,家境殷实。母亲是幺女,很受外祖父宠爱,读过私塾,缠脚后又被容许放脚。母亲5岁的时候,家婆患食管癌去世。大约15岁的时候,年迈的外祖父已不能治家,我的三个舅舅有两个染上了鸦片,开始不断将家里可以变卖的东西拿出去充当吸食鸦片的烟资。我的几个出嫁的姨娘受丈夫怂恿也加入变卖家产的行列。母亲奉外祖父之命整天坐在厅房看护家财,然而母亲一个人怎抵挡得了哥哥姐姐的"偷窃"行为,到母亲出嫁时家道已然中落。早年的经历养成母亲后来守财手紧的习惯。

家道虽然中落，母亲嫁给父亲依旧属于"下嫁"。母亲是县城的名门闺秀，父亲家是绵竹县遵道乡集镇上开屠宰场和饭馆的。母亲是父亲的填房，嫁给父亲时不满17岁。父亲不喜欢母亲，除了嫌母亲不漂亮以外，按现今的流行说法，母亲情商不高，是个一板一眼的人，而父亲开朗、幽默、大度，喜开玩笑，年轻时学过半年厨师，做得一手地道的好川菜。父亲很会过日子，善于苦中作乐，也很懂得教育子女、呵护子女。父亲很会笼络人心，从不打骂我们，在这方面母亲略逊一筹，与父亲形成鲜明的对照。母亲不懂管教孩子的方法，很少与我们交流，经常沉着脸，加上性子急，动不动就伸手打骂我们。母亲不会做饭，这是她的软肋。平素只会蒸馒头、煮玉米粥、擀面条，炒的菜缺盐少醋没味道，所以我们姐弟兄妹都愿意吃父亲做的饭，都愿意跟父亲亲近。我都到父亲早已过世母亲健在的中年时，还一直觉得父亲要比母亲亲近许多。

母亲不会做饭却有一手好女红，特别是刺绣，这是得益于外祖父按大家闺秀培育母亲的结果，也成为母亲后来谋生的主要手段。大姐三岁时，父亲家族也因吸食大烟家道中落，加上国民党政府在四川抓壮丁，父亲便毅然抛妻别女离家出走，一去就是10年光阴。外祖父过世，婆家不能收留，大姐又被留在伯父家。母亲暂时轮流住在她的大姐和四姐家，依靠绣鞋面、被面、枕头度日。年关时分，依照当时的习俗，家里不能有外姓人，包括嫁出去的本家姑娘。母亲的大姐和四姐就给母亲准备一份年货让她外出。母亲无奈，只能流落街头，后来被母亲的三姐大义收留在家。那时母亲听说，借居伯父家的大姐要被送人，便托人把大姐要回来。三姨娘在家里的后院猪圈上方置一简陋的床铺供母亲和大姐栖居。母亲和大姐过着寄人篱下的生活，没少遭受亲戚和旁人的白眼，以至于后来回忆起这段经历，母亲总是黯然伤神。从那时起母亲凭借娴熟的女红，起早贪黑地为大户人家赶制嫁妆，母亲颇有经营头脑，利用季节谷物差价贱买贵卖，逐渐积累下一些资金。在临解放前用相当于2300斤大米的价格买下一处居于遵道乡集镇中心的房产，不足100平方米。这是母亲用心血换来的房子，后来成为她一生的依托和念想。

1949年10月以后，父亲和母亲迎来了人生的大变局。

母亲记忆力超强，新政府土改时很多乡里乡亲的家境变化没有档案可查，而母亲却可以一五一十从容道来，加之那时妇女能读书识字的极少，母亲上过私塾，在讲求男女平等的新社会，母亲很快被起用，当了遵道乡的乡长。当然母亲受到重用的另一个原因是，父亲在新中国成立之前已从国民党军队起义加入中国人民解放军，且有立功喜报传回家乡，母亲成了值得信赖的军属。如果不是因为要与父亲团圆，母亲若一直在家乡干下去，一定会走上绵竹县的县级领导岗位。许多原来在各方面都不如母亲的同事，到后来退休时都是以县级领导待遇办的退休手续。1949年，父亲从部队转业至北京门头沟华北煤建公司，待生活安定后回乡将母亲和大姐接到北京。据说当时很多人都看好母亲的仕途，劝母亲留在家乡，而让父亲回到四川。问题没有这样简单，那时调动工作特别是跨省市调动相当困难，母亲随父亲还有找工作的机会，父亲又在新中国的首都，这一切无疑对母亲还是很有诱惑力的。

母亲的命运在1955年再次发生变化。新中国成立初期国家要在甘肃发展煤炭工业，20世纪50年代初恰好在甘肃山丹平坡发现优质煤田，设计生产能力90万吨，当时属于大中型煤矿。父亲响应党的号召1955年来到山丹煤矿。母亲随同父亲在山丹生活了近二十年，1974年夏季带着回乡插队的二姐重返绵竹遵道。初到山丹煤矿，母亲被安置在矿区三号矿幼儿园工作，因为工作有能力很快担任了组长。二姐、我、妹妹、弟弟接踵来到这个世上，哺育与工作让母亲忙碌又充实。那段时间应该是母亲心情比较舒畅的日子。在妹妹出生以后，母亲为了更好地照顾我们几姊妹，接受父亲的建议，从工作岗位上退下来，成为全职主妇。

母亲很是辛苦，父亲的工资一直不高，我们穿的衣服和鞋都是母亲一针一线缝制和纳出来的。在我的记忆中，母亲一有空就在制作布壳，用一层一层破旧衣物、布片粘贴晾晒，然后制底样、垫鞋底、纳鞋底，几乎是手不离鞋底的，似乎那鞋底永远也纳不完。在家里就不用说了，就是到别人家串门都是一边说话，一边纳鞋底。母亲做的鞋手工好、样子好，周围街坊邻居大妈大嫂都来向母亲讨教，母亲总是很耐心传授技巧。每年的农历腊月是母亲最劳累的时候，不仅要天天纳鞋底，还要为我们赶制冬天和夏天穿的两套新衣服。我们也最盼望过年能吃年饭和穿新衣服。

母亲不太会做饭，但是却酿得一手好酒酿。每逢冬季来临，母亲都先自制酒曲，蒸一锅洗净的米饭，然后将酒曲放在冷却后稀释的米饭中，密封置于热炕上煨着，经过一天一夜发酵，就成了非常香甜略带酒味的酒酿。记得当时邻里都向母亲学习做酒酿，不过由于酒曲与米饭的比例、蒸米的硬度、发酵时的温度一般较难掌握，他们酿制的味道总没有母亲酿制的味道好，因而母亲每次酿制酒酿都要多做一些，好分给邻里共同品尝。母亲说她的酿制方法是外婆传授下来的。

母亲年轻时爱读书，读过许多古典小说，如《水浒传》《三国演义》《封神榜》等，特别是能将《封神榜》的故事整段整段复述讲给我们听。人心不足蛇吞象的故事也是母亲在我很小的时候讲述的。小时候还听过母亲讲的一些希腊神话故事，记忆较深的是一位海神为了不让儿子长大后在战争中死去，当儿子听从神的旨意去神河洗礼时，海神在后面拼命追赶阻止。就在儿子全身浸入水中之际，海神赶到了，可惜只抓住了儿子的脚，从此儿子成了长着人脚的战神。当时懵懵懂懂，听着感觉很神奇，直到我能读希腊神话后，才知道母亲讲的是希腊神话中阿基里斯的故事。

1964年，山丹煤矿因煤层薄、产量上不去、亏本大而下马，只留下一百多号人，成立了山丹煤矿保管处。父亲因年龄较大没有到别的煤矿去。这时父母的关系变得越来越不好。先前父亲还让母亲管理家庭支出，但母亲总是节俭手紧，不让父亲抽烟喝酒，与父亲产生了矛盾。父亲便收回财权，不再把工资给母亲。母亲本身疑心很重，而父亲又开朗、幽默很有女人缘，母亲对父亲的猜忌心便一天比一天重。有时父亲前脚出门，母亲就尾随在其后面，一发现他与女性接触，不分青红皂白，上前就辱骂，让父亲很没有面子。父亲起先是与母亲争吵，后来采取冷暴力的做法，不理睬母亲，母亲很痛苦。时间久了，母亲越来越想念家乡，想念她的姐姐和哥哥，想念她在遵道的那套房产，也想念远在宁夏的大女儿，于是母亲总是找机会暂时离开家躲避父亲。1972年暑假，母亲带着二姐和弟弟去宁夏看望大姐。大姐家那时在宁夏石嘴山石炭井矿务局。第二年暑假母亲又带着我和妹妹一道去宁夏，坐火车从山丹到武威转车到宁夏中卫的干塘站，再倒车至平罗。这是我生平第一次出远门。那时信息不畅，母亲凭着一本列车时刻表将车次、乘车时间搞得门儿清。每到一站，下车就进候车室，即便是两趟车次间隔时间长也不出候车室。可是我好奇心大，每到一站都要到车站四周转一转，母亲很是着急，生怕我出事，不时用浓重的四川口音一声高一声低地召唤我，现在想起来真是不易啊。暑假结束我便匆匆经兰州赶回了山丹，母亲和妹妹留在大姐家居住了半年。1973年，二姐高中毕业没有跟随矿区的子弟去插队，按政策不能在矿上安排正式工作，只能干一些临时工，于是母亲提议二姐回乡插队，一来可以落叶归根为一家人回乡打前站，二来也可暂时躲避父亲的冷暴力。

母亲与二姐回到四川后，父亲每月只寄二十元钱回去，其生活的艰苦也是可以想象的。1978年我考上了大学，父亲终于可以安心回故乡了。回到家乡后，起初父亲想跟母亲缓和关系，把每个季节寄来的退休金交予母亲，但母亲仍然不改以往的习惯，控制父亲抽烟喝酒，反对父亲关照家族和亲戚，父亲再一次剥夺母亲的家庭财权，两人的关系又降到冰点。母亲非常怨恨父亲，只是回到家乡与在甘肃情形大不一样。父亲退休，按政策单位应该给父亲建安置房，由于母亲有旧房，单位就把安置房款寄给父亲。父亲退休时借过单位一笔钱，单位每月从退休金中扣除一部分，落到父亲手上的退休金总是不够花，父亲就常挪用房款，到后来基本上用光了。父亲没有安置房，实际上是住在母亲名下的房子里，母亲不用再仰父亲鼻息生活，于是母亲经常以房主的身份念叨父亲，父亲也无奈。父亲晚年得了痴呆症，母亲也不能照顾。父亲去世后，母亲作为遗孀享受山丹煤矿的抚恤，虽然每月钱数不多，但这是固定的收入。母亲过了几十年没有经济来源的生活，自从有了这笔固定收入，心境大变，开始逐渐念叨父亲的好处，说父亲厚道，人缘好。每逢大年三十晚上，母亲都会在父亲遗像前点起蜡烛和香火，如果我回家看望母亲，母亲总会嘱咐我给父亲行祭拜礼和烧纸钱。

记得从 1979 年寒假开始回乡探亲以后，一次偶尔的机会，我对母亲为我特意煮的鹅蛋表示喜欢，从此每次回家，母亲都为我准备十个大鹅蛋。有次说到在学校跟同学聚会总要喝点酒，于是每次要返回学校时，母亲总是让我带一瓶绵竹大曲酒。后来剑南春创出牌子后母亲又让我带剑南春。再后来剑南春成为全国名酒，一瓶数十元，母亲只好又让我带绵竹大曲。我博士毕业工作后，起先每个月给母亲寄二十元，90 年代中期以后随着工资收入的增多，给母亲每月寄钱从五十元，增加到一百元、二百元，进入 21 世纪增加到五百元。母亲平时花钱极其节俭，她把大部分钱都存入银行。每次回家我都给母亲买点小礼物，诸如鞋子、毛衣、外套、羽绒服，母亲总爱在第一时间就穿上走出家门指给邻里说，看这是我儿子给我买的。

母亲晚年过得衣食无忧。除了父亲的抚恤金逐年提高外，我们兄弟姐妹几个都不同程度给予她补助。家乡的亲戚告诉我，母亲晚年不缺钱花，但是每月到 25 号，母亲都坐在门前等候邮递员给她送汇款单。邮局的工作人员对她说："李大娘，你年岁大，眼睛又不好，我们直接把汇款给您送过来。"母亲坚决不同意。拿到汇款单后，母亲一定要颤颤巍巍地亲自去取钱，一二百米的路程，她要走十几分钟，来回差不多就是半个多小时，路上逢人就说：我儿子从大学寄钱来了，一种自豪感溢于言表。

母亲幼时害火眼，未能得到及时医治。而后来家境日渐窘迫，她不得不依靠做女红谋生，经常性的熬夜使得眼疾更加严重，中年以后眼力极其衰弱，几乎要将眼睛贴在物体上才能看清，晚年眼前只有微弱的亮光。可是母亲很神奇，她把部分钱存在绵竹县城的银行，存取工作通常是由她一人独立完成的。县城距遵道镇有八公里，我不知母亲是如何能够准确无误地完成这项工作的。

随着年岁的增加，母亲的多疑症也越来越严重。母亲多疑的对象从父亲转向她的房产。为了防范房产被他人占据，自从遵道镇政府因改造街道，将母亲房产从前街置换到后街，母亲就开始非常认真地学习法律知识，收音机不离手，每天准时收听中央和地方的法律知识节目，把继承法、物权法搞得门儿清。母亲每时每刻都在担心她的房产会被谁侵占，不仅对身边的我二姐、弟媳不放心，甚至对儿女亲家也不放心。那种猜忌、那种癔症很难用语言表达。为此，我曾不管不顾地对母亲发过多次脾气，希望母亲不要没来由地猜忌身边至亲的亲人。可是我发脾气的时候，她便不作声。过一会儿她又重复那些讲了几十遍、上百遍的自编故事，那是谁也不能触动的心病。想一想也可以理解，母亲从小在娘家时哥哥姐姐"偷窃"家什不能信任，出嫁后丈夫冷暴力不能信任，而周边老无所依的例子比比皆是，对子女她也不完全信任。生活阅历告诉她只能靠自己，所以用辛勤劳动换来的房产在母亲内心深处重如泰山。2004年我准备调往北京工作，我把新换的北京手机号码告诉她，母亲竟一连三天给我拨打手机，这是以前从未有过的。手机接通后母亲又不多说话，我知道这是母亲害怕记不住号码而失去与我的联系。

母亲一生勤俭，自食其力。去世前，都八十五岁了，母亲还像往常一样，早上四五点起床烧一壶开水，视力很差却可以在黑暗中摸索着拎起六七斤的水壶给暖瓶灌水。七八点叫醒弟弟一家，然后到街面上走一走，或者坐在家门口的长凳上跟街坊邻居拉家常。母亲说她经常做的一件事情是想念身处外地的子女及孙辈时，会把我们寄给她的近照拿出来端详。母亲视力那么差，估计只能看到模糊的影子，母亲看到的并不是照片里的真实样子，而是她心目中已固化的子女和孙辈的样子。记得1979年寒假我从兰州第一次省亲，我在遵道镇口远远看到五年未见的母亲在眺望着我，可是我来到她眼前，她竟没有认出我，仍然努力朝前眺望，当我喊了一声"妈"，她才循声望过来，所以我想在母亲眼里，我的样子大概永远定格在我不满十七岁时，那年我的身高已超过一米七五，有一次母亲看着我对身旁的阿姨说："看，我的儿子长大了，长得好高。"而我儿子伟伦的样子母亲实际上也是看不清的，嘴里却总是反复说跟华瑞小时候一模一样，其实她是把对我儿时的记忆叠加到了他的孙子身上。

2005年大年三十和初一，冥冥中母亲不再提起以前重复的故事，而是跟我讲起我父亲的家族，讲起外祖父以及她的哥哥和姐姐，这一次我做了简单笔录。母亲的记忆确实超人，几十年前的事和人，她娓娓道来，仿佛历历在目。大年初一中午我要赶往绵竹市区，母亲送我到门口，转身我想再跟她说几句话，可是屋前屋后竟找不到她的身影，我很诧异，似觉得母亲正悄悄地离我远去。这年五月下旬，我有两个博士生毕业，已安排好答辩日期，突然接到二姐的电话，说母亲得急性重病住院，我便匆匆赶回四川。起先还以为她老人家得了癌症，检查结果却是肠结核，这种病主要与经常食用不卫生的东西有关。想想母亲视力只有零点一不到，又极节俭，经常食用过期和不卫生食品是自然的事。母亲发病那天，感觉不好，可能是剧烈的疼痛，让她觉得生命大限已到，遂将自己的财物和后事梳理得清清楚楚，跟着二姐住进绵竹市人民医院。因为肠结核病人会感觉很疼，我们同意医院给母亲做手术，手术比较成功。麻醉药效过后，母亲醒来就嚷着要回家，我们告诉她结核病会传染，母亲就不再吭声默默住进单人病房。母亲虽识字不多，但是对生死看得很开。夜晚陪床，母亲睡不着，就跟我说，她这一生虽然吃过苦，但总的说来挺满足的，跟父亲走南闯北去过北京，养育五个子女，都很争气，也很孝顺，她能活八十五岁已很知足，现在走了亦没有什么遗憾，只是嘱咐我要照顾好小弟华聪。长期以来我在外求学、工作、结婚，只是到了2000年以后我才每年春节回家看望母亲，与母亲离多聚少，于是在母亲的病床前主动跟母亲聊起往事。母亲打开话匣子给我讲那些过去的事情。讲起外祖父母的慈爱，讲起跟哥哥姐姐在一起的欢愉，讲起我们五个子女小时候的童趣，讲起大姐小时候吃百家饭，手、脚、头上长疮的辛酸，讲起二姐的早慧，讲起妹妹的乖巧，讲起弟弟的憨态。当然对我讲得最多的是从前经常会讲到的一些故事，诸如在幼儿园全园的阿姨都喜欢叫我"坏宝宝"，这源于我小时候的恶作剧。起初阿姨给我用的奶瓶跟其他幼儿的一样是玻璃的，一次喝完奶，奶瓶被我意外摔到地上打碎，发出"嘭"的声音，阿姨一惊，我却感到很好玩。其后好几次我都乘阿姨不注意把奶瓶踹到地上，"嘭"声一响我就会咯咯笑，阿姨只好给我换成塑料奶瓶，因此我在幼儿园得了一个"坏宝宝"的绰号。还有，我得麻疹时怕打针，听到开门声就偷偷朝外看，见是穿白大褂的就放声大哭。还说到，我三岁了还不会说话，爸妈都叫不清，大家以为我是哑巴……

那天半夜母亲睡不着，就自言自语地说"老天怎么还不让我死呢","快让我走吧"。在死亡面前母亲没有一点恐慌和畏惧,母亲临终的达观让我真正懂得什么叫视死如归。在绵竹人民医院陪床一个星期,看到母亲的病情趋于稳定,我又赶回北京。7月1号,二姐来电话说母亲已平静地走了。二姐说母亲临终前曾要求安乐死。母亲省吃俭用积攒了二万多元钱,全部用在她医病住院和办理丧葬上,没有给我们增加负担。火化的那天,看着一缕青烟升起,仿佛看见母亲八十多载来去匆匆的脚步,她去了可以安息的天国。

母亲是旧式中国妇女的缩影,集善良、多疑、达观、节俭、勤劳、自强、自立、坚韧等特点于一身。母亲在家从父,出嫁从夫,夫亡从子,一生在与命运抗争,一生泰然面对苦与乐,一生在爱与恨的纠缠中延续生命的悲壮。

作于 2015 年 7 月

书序 自序 致辞

《平坡遵道集》序

这是我的第 8 部个人集子,也是第一部以随笔、杂文为主的集子。此前曾陆续写过一些类似随笔的文字,差不多都收入已出版的 7 部集子里。此次结集除了在"忆师友"栏目里重收录《纪念太老师邓广铭先生》外,都是过往发表,因种种原因未收入已辑成的前 7 部集子中的文章,也有近两年新写成,恰好遇到此次辑集,合为一编。之所以重收录《纪念太老师邓广铭先生》,是为提领"忆师友"栏中我从大学、硕士、博士阶段的求学及师承关系的脉络。

本集所收 36 篇随笔、杂文,其形式多是书序、书评、纪事和追忆,还有少数开会的发言稿,内容不一而足,分涉"中古经济史""中古政治文化""宋辽夏金史""宋史研究史"和"忆师友"几个方面。最早的文字已时过 20 余年,最近的文字还飘着墨香,是故不同语境的文字表述烙有时代的痕迹，在所难免。

我出生在甘肃省山丹县平坡。平坡是山丹煤矿所在地，我的父亲自 1955 年从北京来到山丹煤矿，直到 1978 年我考上大学才荣休回归故里四川绵竹遵道镇。我在平坡度过了整整 20 年，那里留下我太多太多的记忆，"我热爱那里的戈壁滩、大漠和山岩，我热爱那里的蓝天、草原和绿洲，我更热爱那片神奇土地上从远古走来的历史"。我的祖辈大约是从明末清初之际随湖广填四川，从湖北迁到四川广安，再从广安迁到绵竹遵道定居，至今已有六七代人了。我第一次回到遵道是 3 岁的时候，虽有记忆总归模糊，再次回到遵道已是 1979 年寒假回乡省亲，才全面认识"祖籍"的真面目。尽管迄今我在遵道逗留时间加起来不足一年光阴，也不会说家乡话，但是儿时父亲对家乡一往情深的念叨，早已将父母之邦深深地印记在脑海，那是永远不能忘却的血脉相承的亲情和乡愁。所以在为第一部随笔、杂文集冠名时，我想到了我的出生地和父母之邦。

我的出生地山丹县平坡，坐落于山丹县城西南面十几公里远的山区里。从县城去往平坡矿区就是沿着一条坡度不大的公路迤逦而上，坐在车上往四周望去，是戈壁滩和延绵不断的山坡地，目光望极之处是巍峨的祁连山。进入狭长的矿区后，满目也是坡地，职工宿舍、民居、学校、医院、工房和办公楼都建在坡地上。平坡，从字面解释是倾斜度不大的脊背坡地，明人徐霞客《滇游日记》云"其峡自西脊东下，循北崖平坡入之"即此意也。未读大学前，并未对"平坡"地名有过深究，其后当读到宋人笔记有关苏轼号东坡来历的记述，对平坡除了自然的亲近感外又好像多了几许遐想。元丰二年苏轼被贬黄州，友人为他在黄州东面申请一片坡地，苏轼加以整治，躬耕其中，并将这片坡地命之曰"东坡"，赋诗："雨洗东坡月色清，市人行尽野人行。莫嫌荦确坡头路，自爱铿然曳杖声。"及至元丰七年赴临汝前，苏轼又写下《满庭芳·归去来兮》一词，上阕曰："归去来兮，清溪无底，上有千仞嵯峨。画楼东畔，天远夕阳多。老去君恩未报，空回首、弹铗悲歌。船头转，长风万里，归马驻平坡。"由此"平坡"这个地名因为苏轼的诗词一下子在我的心里得到了升华。尤其是领悟到人的一生若没有"荦确坡头路"哪有"铿然曳杖声"。当年过花甲,"归去来兮",何尝不是"长风万里,归马驻平坡",使我平添一份对平坡的思念。

我的父母之邦绵竹遵道镇,清嘉庆年间始设道场,称之为遵道观。我爷爷的爷爷从广安迁到绵竹而选择定居遵道观,大致与传说中道家始祖李聃同姓有关。道德在道教中是最高信仰。"万物莫不尊道而贵德",后来道德也为儒家借用,当然其含义已不尽相同。"遵道"也是做人处世的一种美德,古人云"既遵道而得路","务积德于身而处之以遵道","君子遵道而行"。投老之年,由平坡到遵道,信哉斯言!故本集名之曰《平坡遵道集》。

感谢朱玉麒兄邀约。去年就希望能入选"凤凰枝文丛书"第一辑,但当时已将《宋夏史探知集》交付中国社会科学出版社,在选录文章时颇多重复,故没有被列入。其后玉麒兄又两次问及重选稿事宜,真是令人感动。

《探寻宋型国家的历史》自序

感谢"首都师范大学燕京学者文库（哲社类）"出版计划，从我 30 年来从事宋史教学与研究方面二百余篇论文中选编 25 篇出版，这既是对我过去 30 年研究宋史的一个阶段性总结，也是对我年过花甲的一个最好纪念。

2010 年中国人民大学出版社将我的《宋夏关系史》收入"当代中国人文大系"丛书时，曾按出版社的要求写过一个学术"自述"，作为"附录四"收入新版的《宋夏关系史》。"自述"大致回顾了我在母校西北师范大学历史系初学历史和其后跟随陈守忠、漆侠先生读宋史的经历以及一些学史的感悟，并从"宋代经济史研究""宋夏关系及西夏史研究""王安石变法研究史""宋代政治史研究""唐宋变革问题研究""宋代自然灾害与社会研究""其他方面的研究"等七个方面，对当时已完成和正在进行的课题作了简要梳理。现又过去了八年时间，虽然出版了《唐宋变革论的由来与发展》(主编)、《宋代救荒史稿》和两本论文集(第五本论文集《宋夏史探知集》即将出版),但是在研究领域方面并没有太多的更新。这次选编的论文集中除了《李焘笔下的王安石变法》《王安石历史地位与南宋以后中国社会变迁》《唐宋史研究应当走出"宋代近世说(唐宋变革论)"》《西方学人眼中的宋代历史》4篇文章是新选的外,其他24篇都选录自己出版的四部论文集:《宋史论集》《宋夏史研究》《视野、社会与人物——宋史、西夏史研究论文稿》《宋夏史探研集》。其所以还要出版这本论文集,主要是各论文集印数甚少,从希望聆听到更多读者批评的角度,再增加一些印数也不为过,所以考虑再三就选录了21篇文章收入这本《探寻宋型国家的历史》中来。

已出版的四部论文集都有出版前言、自序或说明,对于结集都有简略交代。2017年应甘肃文化出版社的邀约,出版了《西夏史探赜》,为此而写的前言《我与西夏史研究》,是回望我过去30年对西夏史研究的又一次"自述"。也是因为这个原因,本论文集除了选择与"华夷区隔"主旨相关的论文外,没有再选西夏史研究方面的论文。故已讲过的就不再重复。

这里主要是讲一下近几年我对宋史研究的一些不成熟的新想法。

本论文集以"探寻宋型国家的历史"为书名，就蕴含着我对研究宋史方法论的一些思考。众所周知，20世纪初以来对于宋代历史地位的评价毁誉参半，其落差之大是秦汉以降中国古代史各断代史评价中所仅见。以往按五个社会形态说把宋代列入封建社会的下行阶段，一度政治上腐朽、经济上积贫、军事上积弱、学术上反动，几乎成为评价宋代历史的代名词；进入21世纪以来，"宋代近世说（唐宋变革论）"甚嚣尘上，宋代一跃成为中国近世的开端。这种毁誉参半的评价从方法论上讲都是拜西方社会科学方法和史学理论的影响所赐，都是把宋代历史附着在西方历史卵翼之下的一种反映。故我想从宋代历史的实际重新探讨宋代历史的特点。当然国人从20世纪初以来就用西方的学术规范、问题意识、理论框架甚至叙述话语来研究、描述宋代历史，在此大背景下，我对宋代历史的学习和研究无不打着我所生活的时代的深深烙印。我现在的新想法只是对自己过去研究的一些新反思而已。

在中国古代，宋朝至少在以下几方面是中国古代史上独一无二的。

首先，宋代自始至终是一个不与游牧渔猎民族一争雄长的时代。以往认为宋朝的积弱很大原因是强调契丹族、女真族、蒙古族过于强大，其实不仅仅如此，还有着非常深刻的社会历史文化原因。汉、唐帝国强盛时，还追求运用武力手段开疆拓土，将边防线推进到塞外，以积极防御的态势压制主要对手——北方游牧渔猎民族政权势力，削弱其军事威胁。唐中叶以后经三教合流而形成的新儒家思想对外部世界有了与此前极不同的认识，华夷之分在汉族政权内知识阶层的认知世界有了新的界定。宋真宗景德年间与辽朝签订的"澶渊之盟"，是汉族所建中原王朝放弃与游牧民族一争雄长国策的标志。"澶渊之盟"的历史意义讨论目前多限于辽宋关系史，但这是中国历史上农耕民族与游牧渔猎民族关系分水岭的重大历史事件，关乎着中国历史的走向，却未引起学界的足够重视。过去认为宋朝的积弱与宋朝的"守内虚外"国策分不开。但是这多是从内政外交政策的"内外"角度去考量，其实若从宋朝对西、北、南边疆守土来讲，从太祖开始就只守唐中期以后形成的农耕"内地"——以汉族聚居区为主，并无恢复汉唐"内地"以外旧疆的举措。即使到宋神宗支持王安石变法，欲恢复汉唐旧疆，也是汉唐时所谓的王化之地——燕云十六州和河西、河套、河湟。但是这种做法并没有得到大多数知识阶层的认同。北宋灭亡后，南宋人总结亡国原因时几乎一致认为王安石变法变乱祖宗法度、开边生事是首要原因。可见太祖以来形成的"守内虚外"是经唐后期五代至宋形成的既定方针。对于宋人来说"欲寇不能，欲臣不得，最得御戎之上策"[1]。这个"最得御戎之上策"，实则是汉族政权主动的战略退却，为一争雄长的游牧渔猎民族进入中原共生共存提供了可能和机会。"树欲静而风不止"，不进则退。由此看10至13世纪的多民族政治对峙下的文化认同，再由此看宋朝之后民族政权的更迭，中华文明和疆界的形成，细究于心都会得出不同于现今的许多有益认识。

---

[1]〔宋〕李心传：《建炎以来系年要录》卷一〇五，绍兴六年九月癸巳。

其次，宋朝奉行养兵政策，豢养一支以募兵为主的庞大军队也是中国古代史上独一无二的，尽管明清中后期也实施募兵制。中唐以后，随着均田制和府兵制的相继瓦解，募兵制日渐代替征兵制，养活一支以流民为主的军队，使得养兵费用在国家财政收支上占据越来越大的份额，到北宋中期养兵费用已达五千万贯之巨，占国家财税收入的 70%～80%，帝制国家为了满足这笔巨大的军费开支，自真宗咸平年开始"度茶、盐、酒、税以充岁用，勿得增加赋敛"[1]。将人民生活的主要商品：盐、茶、酒、矾、醋、矿冶、香料等统统专卖经营。这种以工商税收为主的财政政策，大致也为中国古代各朝所仅见。五代至宋初，政府主要靠严酷的法律禁榷，由各级官府直接经营，即最大限度地控制生产、销售环节。但是官营成本高，效率低，国家只得向民众，主要是向商人开放销售（流通）领域，诸如在经济领域广泛实行买扑招标制，并逐渐开放部分生产领域，这就使得宋代的商业市场、城市城镇发展，

---

[1]〔宋〕李焘:《续资治通鉴长编》卷四三，咸平元年八月丁亥朔。

呈现出与前代甚至与后代不同的面貌，从而造成空前的繁荣，并由此也促成经济的大发展。但是过去我们囿于西方社会科学和经济史理论的范式，对此轻描淡写，未给予足够的重视，或者多从国家干预经济的负面作用及其导致历史进程因果颠倒的关系加以批判。我个人以为这是偏离宋代社会经济发展本相的一种认知，实际上对宋代经济史研究有必要重新认识帝制国家财经政策亦即国家对经济发展的主导作用，以及市场繁荣背后的国家财经供需因素，庶几方可道升堂奥，更接近宋代历史发展的实际。

最后，宋朝科举取士之多，文官地位之高，整个文治氛围居于秦汉以降各代之冠，已是学界的共识。遗憾的是，迄今并未见较为全面深刻剖析贯通宋代文官政治的论著问世。

至于宋学与汉学成为中国古代经学分野最具代表性的两大类型，也已是常识。从汉武帝"罢黜百家、独尊儒术"到唐朝《五经正义》的颁行，是为汉学的第一个岭头，从唐中叶开始的儒学复兴至宋代，在北宋有《三经新义》，到南宋则有《四书章句集注》，构成宋学的完整体系，到明清继承汉宋方有"四书五经"。经学学风和释经方法的转变不仅仅是思想文化内在理路的转变，更折射着社会历史内容和观念的变动。北宋的荆公新学力图通过建立刚健政府、完善社会制度来实现儒家的政治理想，结果是导致权力膨胀、腐败公行；南宋由朱熹完成的道学或理学反其意而行之，欲从正君心、重塑君主"圣人"形象来实现先王的社会秩序，结果是君心不仅没有被"正"，反而使整个社会呈现在"万马齐喑究可哀"之中。从目前的研究看，经学学风和释经方法的转变对中国古代社会特别是对宋代社会历史影响的估价，还远远不够。

而傅乐成先生对宋型文化已有论述（当然还需新的补充），不赘。

以上不是为了重复叙说中国古代各王朝之间的简单比赛（杨联陞《国史探微》附录：《朝代间的比赛》），而是要充分说明宋代是中国历史上具有鲜明特色的时期。因而从宋代历史的实际出发，扬弃西方汉学的范式、模式，探讨宋代历史本身具有的独特内涵及其意义，我深切感到这应当是今后研究和教学努力的方向。

《宋型国家历史的演进》后记

这部书稿,最初是一部授课讲稿。我从2000年开始在河北大学和首都师大给三、四年级的本科生陆续开设宋史选修课,同时我也要求我的硕士生旁听,后来外系或外校的本科高年级学生和研究生也来旁听。但我常是按照自己的研究兴趣讲课,其实没有很好地梳理宋史课到底该讲哪些内容。2014年中华书局曾约我写一部宋史专业教材,作为大学本科三、四年级所开专业发展课程配套教材,也可作为学生考研的专业参考书,以及供对此专业或课程感兴趣的社会爱好者阅读。但我仍然按照过去讲课的讲稿去梳理,在写作时并没有按照"教材"性质去写,而是以自己的兴趣写成既不是严格的教材又不完全是一般的普及读物,而叙述风格又偏向学术研究。所以2016年交稿后,未达到中华书局约稿的初步设想,中华书局希望我修改。后因各种事务性工作较多未能及时修改，一放就是四年。直到去年商务印书馆有意出版我的书，正好这几年我对宋史有了一些新的想法，提出"宋型国家"的概念，更因为瞿林东先生在《光明日报》上看到我写的关于"宋型国家"的文章，曾专门打电话鼓励我写一部关于宋史的书。于是我在电脑上找出旧书稿便进行再加工。这次修改虽有教材的痕迹，但基本上是按照我个人所理解的雅俗共赏的原则去写作的。

我虽然研究宋史将近四十年，但所涉领域只是宋史研究中的冰山一角，且不说难以通读宋朝的基本文献，就是对近三十年来汗牛充栋的宋史研究成果也有点目不暇给，所以借鉴学界已有成果势所必然，尤其是在宋学和宋代经济史方面很大程度上秉承了我的老师漆侠先生的观点，这是一方面。另一方面，研究宋史三十多年来，虽然本人天性愚钝，但是对宋代的整体历史还是有一些看法，但从未认真梳理过，感谢商务印书馆给我一个理清思路的机会。当然我的思路很多也是在阅读前辈和同行论著时产生的，甚至这些论著的研究领域跟我的研究领域不同或者有的主题与我的看法相反，但是这些论著字里行间的深意表述与我产生共鸣,当然,我会进行新的思考后作为自己的叙述。

2018年出版《探寻宋型国家的历史》论文选集时,我在自序中写道:"众所周知,20世纪初以来对于宋代历史地位的评价毁誉参半,其落差之大是秦汉以降中国古代史各断代史评价中所仅见。以往按五个社会形态说把宋代列入封建社会的下行阶段,一度政治上腐朽、经济上积贫、军事上积弱、学术上反动,几乎成为评价宋代历史的代名词;进入21世纪以来,'宋代近世说(唐宋变革论)'甚嚣尘上,宋代一跃成为中国近世的开端。这种毁誉参半的评价从方法论上讲都是拜西方社会科学方法和史学理论的影响所赐,都是把宋代历史附着在西方历史卵翼之下的一种反映。故我想从宋代历史的实际重新探讨宋代历史的特点。当然国人从20世纪初以来就用西方的学术规范、问题意识、理论框架甚至叙述话语来研究、描述宋代历史,在此大背景下,我对宋代历史的学习和研究无不打着我所生活的时代的深深烙印。我现在的新想法只是对自己过去研究的一些新反思而已。"现在把这部书稿定名为"宋型国家历史的演进"是沿着这个思路而来。当然,"宋型国家"这个概念是否妥当,还需要继续深入思考、研究,希望在不远的将来能有更清晰一些的表述。

第一届宋代考古与文物学术研讨会开幕式致辞

各位领导、各位同人、各位嘉宾：

上午好！值此第一届宋代考古与文物学术研讨会胜利召开之际，我谨代表中国宋史研究会，并以我个人的名义，向大会表示热烈而诚挚的祝贺。

很感谢河北大学宋史研究中心联合中国考古学会宋辽金元明清考古专业委员会召开这次盛会，给宋史研究带来新的契机。众所周知，宋代传世文献的数量比先秦汉唐的总和还要多，而与浩瀚的明清文献相比又较为适中，同时宋代既没有如先秦甲骨文金文、秦汉简牍、魏晋隋唐敦煌吐鲁番文书、黑水城西夏文文献等之类的新材料，也缺乏像记述蒙元史的域外文献和有待发掘的清代档案资料。宋史研究缺乏新材料，这在中国古代史各断代史研究中是仅见的。因此长期以来宋史研究的格局常常受宋朝士大夫形塑宋朝历史的局限，在现成材料中寻章摘句成为一种常态，从而造成常常对新材料的不敏感。虽然近十多年来，年轻学者开始关注新材料，特别是关注考古发现，但是因学科壁垒的限制，其成效是不显著的。这次盛会首次将考古与文物从学科总体的角度引入宋史学界，无疑将会为开拓和提高宋史乃至辽夏金史研究整体水平产生重要的学术影响。

这次盛会正逢新世纪以来宋史研究转型中的一个重要节点，从过去的政治、经济、军事、文化几大块，偏重典章制度史研究的旧模式，日益向专题史、向专门史、向议题交叉的新格局转移，图像、空间分布、日常生活、国家礼仪等日益成为研究的新增长点，特别是在传统视域下历史的线性追踪，向多维立体更高层次文明史的提升过程中，如果没有考古与文物的新发现、新材料作为重要支撑，是不可想象的，至少是有重要缺憾的。

这次盛会不论是大会主题报告还是五个组的专题讨论，仅从题目上就可看出与现今宋史研究息息相关，都是近年来宋史研究的前沿课题和颇受关注的热点话题。借此机会，我们期待宋辽夏金考古与文物界今后继续大力支持宋史研究，我们的宋史研究同行们也怀着真诚的心向宋元考古与文物界的专家学者们学习和讨教。

在这里特别向杭侃、秦大树、周必素等宋元考古与文物界的老朋友们表达我的敬意，也向到会的各位宋辽夏金史和宋元考古文物界的诸位新老朋友们致意。谢谢你们对宋史研究的支持！

预祝大会圆满成功，期望从这一届开始能够将"宋代考古与文物学术研讨会"坚持不断地办下去，也真诚希望这样的盛会越办越好。

谢谢大家！

中国宋史研究会履新会长年会致辞

各位会员代表、各位同人：

感谢上届理事会和新一届理事会对我的信任，感谢大家给我一个机会代表新一届理事会讲几句话。

2006年邓小南会长在闭幕式上致辞，讲到从那届理事会开始，中国宋史研究会工作方式由德高望重的学界领军人物掌舵，逐步向年轻化和建设服务型、组织型、沟通型理事会转变。从这一年开始，邓小南、包伟民两任会长努力践行，现今可以说已基本完成这种转型。本人1987年第一次参加中国宋史研究会第四届年会和1991年参加第二届国际宋史研讨会都担任大会秘书组组长，1994年负责编辑《宋史研究通讯》，1996年担任中国宋史研究会秘书长直到2005年，2000年以后长期担任副会长，2003年起至今担任宋史研究会的法人代表。我之所以介绍我在研究会的任职，是要表明我从参加宋史研究会年会活动之日起，就一直为研究会做服务和组织工作，我相信新一届理事会今后将继续在服务型、组织型、沟通型的工作方式中推动中国宋史研究会的不断发展。

从20世纪20年代起，国人用西方近代社会科学方法和历史理论研究宋史，迄今已走过一百多年的历程。在这一百多年中，以2000年作为一个分界点，可以将宋史研究划分为两个阶段：进入21世纪之前，可以说是以西方近代社会科学方法和历史理论指导宋史研究为主；进入21世纪以来，以强调"问题意识"为特征的研究模式为主，日益与西方汉学方法趋同。无论是"指导"还是"趋同"，一百多年来宋史研究虽然有过曲折，但是取得了很大成绩则是有目共睹的。毋庸讳言，我们现今夸耀的宋朝历史的辉煌，在很大程度上是20世纪以来日、欧、美学界根据其研究历史的范式重新"发现"的。

在回顾一百多年宋史研究发展史时，我们也发现在宋史研究的话语权中似乎总有一种少了什么似的感觉，这就是国史以人为本的历史叙事传统方法的遗失。人类历史毕竟不完全是制度、结构、经济等科学,本源的人文、活的思想,就是科学研究之上可以回归历史学的主体,因而倡导"问题意识"和提升国史叙事方法相互结合的双轮驱动,在力图推动宋代历史研究走向更为深化的当下,重建学术自信、创建中国学者话语权,是一个不可回避的任务。

三十多年前邓广铭先生强调宋史研究要有"大宋史"的眼光。他说:"我们不只希望海峡两岸的中国学者,有日益众多的人投身于宋史,更正确地说,应是指辽、宋、夏、金史,以及10至13世纪的中国史的研究。""大宋史"指的是宋史学者在讨论宋史问题时,旨在强调与当时前后并存的辽、西夏、金各王朝之间的联系与影响,而不是局限于赵宋王朝。几年前,包伟民会长也说:"所谓'大宋史'研究,并不是要求每位学者都要同时做宋史、西夏史、辽金史,而是指在从事某个领域、某个方面的研究时,要有一种全局的眼光,要注意各王朝之间的竞争与互动。"因此为了在宋史学界树立包容10至13世纪整体历史观的"大宋史"观念,更好地打破目前辽、宋、西夏、金史之间还存在的畛域，我们欢迎辽史、西夏史、金史研究工作者能够踊跃加入中国宋史研究会，让我们携起手来，将10至13世纪中国历史研究提高到一个新阶段。

中国宋史研究会从1980年成立以来，第一代第二代学人筚路蓝缕，以启山林。进入21世纪后，第三代第四代学人茁壮成长，到今天第十九届年会闭幕，第三代学人已开始陆续退出主舞台，第四代学人正成为学术中坚，而第五代学人也悄然崭露头角。借用毛泽东的话说："世界是你们的，也是我们的，但归根结底是你们的，你们青年人朝气蓬勃，好像早晨八九点钟的太阳，希望寄托在你们身上！"希望新一代年轻学人在"薪火相传"之际，不仅要继承你们各自业师的学术传统和品德，更要传承20世纪初以来的宋史学整体的优良学术风格，以便开辟出更加美好壮丽的宋史研究的明天。

最后，请允许我代表新一届理事会和参会的全体会员代表，向主办方抚州市人民政府、南昌大学表示诚挚的感谢，特别向为组织这次盛会的各承办方、付出艰辛劳动的工作人员和年轻的志愿者朋友们表示诚挚的感谢!

　　谢谢大家!

宋史管见

宋史研究的现状、特点及问题

近代以断代史分科研究宋朝历史始于20世纪20年代，迄今宋史研究已走过了近百年的历程。这一百年间，宋史研究取得较大进步和成就大致是在改革开放初期的70年代末至21世纪之交这段时间内，其标志有三个改变：其一，改变了元、明、清、中华民国乃至新中国成立后三十年对宋朝积贫积弱的看法，为宋代历史在中国古代史上的地位重新定位：两宋虽不是中国历史上的强盛之世，但它是中华民族文明最昌盛的时代之一；其二，宋朝的典章制度研究取得了很大进步，基本厘清了宋朝的政治制度、经济制度、军事制度、财政制度、法律制度等，完全改变了钱穆先生所谓宋朝"从制度上看来，也是最没有建树的一环"的认识；其三，改变了从近代以来宋史研究在国内外断代史研究中的落后局面。就总体而言，国内宋史研究不仅在国际上居领先地位，而且在国内的断代史研究中也从落后跻身于先进行列。

一、宋史研究的现状

新世纪以来，宋史研究有两个显著的变化，一是议题的转型，即从传统政治、经济、军事、文化几个大模块的问题讨论向小型专题化和交叉精深化议题转变，可以说已是宋史研究的普遍现象；二是释读文献、文本解读、历史书写再检讨、向历史深处的细微进军、为学术而学术的风气颇浓。

2001年教育部高等学校人文学科重点研究基地河北大学宋史研究中心的成立，是新世纪以来宋史研究中的一件大事。目前大致发展成为全国宋史研究最重要的资料中心，也是研究人员最多的机构。中国宋史研究会挂靠河北大学，编辑的《宋史研究通讯》迄今刊印总72期，《宋史研究论丛》已出版23辑，《宋史年鉴》2015年出版，今后与中国社科出版社合作定期出版宋史研究年鉴。2010年，由河北大学宋史研究中心组织、漆侠主编的《辽宋西夏金断代通史》，约380万字，分7册出版。它不仅是宋史研究最大的断代史著作，而且在中国古代史各断代中也是不多见的鸿篇巨制。

此外，北京大学、中国人民大学、河南大学、浙江大学、杭州社会科学院、上海师范大学、四川大学、云南大学、西北大学、华东师范大学、首都师范大学等高校的相关机构是为国内宋史研究的重镇。

在资料使用方面也有较大变化，已经自"精英著述"扩大到图像与其他非文字的"边缘材料"，越来越多地利用地方志、文书档案、金石碑铭、诗词、笔记、小说乃至书信、契约、谱牒、婚帖、账簿等文字资料，以及历史遗存、考古出土文物等资料。这种拓展，不仅反映于资料范围的扩大，也反映于学者对各类实物资料、情境场景的综合认识及其文献资料的互补和互证。正是这种拓展，构成了学科持续发展的必要前提。

宋代的学术思想在中国历史上占有极为重要的地位，但是20世纪研究宋代学术思想的几乎全都是专门研究思想史的学者，宋史学者对此涉猎甚少，即使在教科书和相关的论著提及也多是汲取思想史研究者的已有成说。思想史学者往往强调从思想到思想的内在理路，特别是明清之际编撰的《宋元学案》为大多数治宋代学术思想学者奉为圭臬，但是存在两个偏向。一个偏向是把理学代替宋学，第二个偏向是贬低了荆公学派。自20世纪90年代迄今，宋学一直是热点话题，在宋史学界重建涵盖有宋一代学术的宋学，范仲淹、欧阳修等思想家的思想，王安石及其代表的荆公新学派，苏蜀学派等都得到了充分的论述。尤其是王安石的新学和朱熹的道学思想研究成为重中之重，出版了系列论著。由此摒弃了此前以理学为主体的旧的学术框架，形成了一个更富有内容，更切合宋代学术实际的新框架。

邓广铭学术奖励基金设置于1999年，评奖对象主要是五十岁以下研究宋辽夏金史的海内外中青年学者。自2000年开始评审迄今已举行十届评奖，共评出39部获奖著作，代表了新世纪以来国内中青年研究宋史的水平。同时也从一个侧面反映出专题式研究在宋史各个领域全面推开。因而在典章制度史、财经史、人口史、城市史、货币史、交通史、部门经济史、区域经济史、法制史、家族史、社会史、文化思想、妇女婚姻等都有颇见功力的专著问世，记录着宋史研究者们在不同时期走过的心路历程。

近十多年来由邓小南组织的大陆、台湾地区、日本三地学者以信息传递为中心而开展的宋代政治史研究再出发，目前已推出三部研究论集。而富民社会论、农商社会论的提出则展现了宋代经济史研究的新动向。

南宋历史的研究取得显著进展，是近二十年宋史研究的一大亮点。以何忠礼教授为首的杭州市社会科学院南宋史研究中心组织各地学者撰写、出版的"南宋史研究丛书"，迄今已近80种。

整理和研究宋代古籍是宋史研究的重要方面。自新中国成立以来，由于政府的重视，宋代文献典籍的整理与研究一直稳步发展，并取得显著成就，特别是新世纪以来《全宋文》（360册）和《全宋笔记》（102册）的完整出版，新发现、新出土的《宋人佚简》《俄藏宋西北边境军政文书》《天圣令》《武义南宋徐谓礼文书》的整理与研究，以及《宋会要辑稿》点校本的出版，都是宋代文献资料整理与研究的标志性成果。

二、宋史研究的特点及问题

首先，宋史研究的最大特点是以传世文献为主，柳诒徵先生在《中国文化史》中说："盖宋之政治，士大夫政治也。政治之纯出于士大夫之手者，惟宋为然。"在相对宽松的政治条件下，士大夫的文史创作和思想交流也相对自由，加之雕版印刷术的发达，因而留下的传世文献比先秦以来的总和还要多，经过明朝初期《永乐大典》和清朝修《四库全书》两次清算，宋代传世文献的数量与浩瀚的明清文献相比，又较为适中，这是20世纪后二十年宋史研究成果卓著、后来居上的主要原因。

但是宋史研究的另一个特点是既没有先秦甲骨文金文、秦汉简牍、魏晋隋唐敦煌吐鲁番文书、黑水城西夏文文献等新材料，也缺乏记述蒙元史的域外文献和有待发掘的清代档案资料。宋史研究缺乏新材料，这是在中国古代史各断代史研究中所仅见的。所以宋史研究的格局常常受宋朝士大夫形塑宋朝历史的局限，在现成材料中寻章摘句成为一种常态，所谓成也萧何败也萧何。

因为没有新材料，当史学理论随着西学东渐的大潮而盛行于国内时，宋史研究的议题颇受域外历史预设理论的左右，且不说新中国成立以后流行的"五朵金花"对宋史研究的影响，新世纪以来，宋史研究在很大程度上被侧重于君主、士大夫、社会流动、江南经济、"精英"文化、地域重心及其相关的议题所主宰，就是受日本"唐宋变革论"和美国"两宋之际士的转型说"影响的直接反映。

其次，进入21世纪以来，对宋代历史地位的评价从一个极端走向另一个极端，即从否定宋朝的"积贫积弱"，到高度美化和推崇宋朝历史。这种评价的转变有两条线索，一是20世纪20年代日本学者内藤湖南提出假说"宋朝是中国近世的开端"，以为宋朝的社会经济文化发展水平超越西亚居于世界领先地位，这个假说后来被概括为"唐宋变革论"，成为宋史研究的一个标签；二是20世纪40年代陈寅恪为邓广铭《宋史职官志考正》所作序言"华夏民族之文化，历数千载之演进，造极于赵宋之世"，被大多数治宋史学者和众多媒体奉为圭臬。

其实，这两种观点都不完全符合中国历史的实际，"唐宋变革论"只立足于"中国本土"，即中国历史只是汉族的历史而不包括辽、西夏、金。"本来'中国'历史上就没有单一的汉族社会。可是日本的研究人员中有一个共同的特点就是'纯中国世界'和'非中国世界'，'中国本土'和'边疆地域'等过分单纯的分割为两大图示化的倾向。"（杉山正明）"唐宋变革论"另一个核心观点"中国文明至宋代没有再进步"的停滞论实际是为日本帝国主义侵华张目。近几十年国内外中国经济史研究表明，明中叶后的经济已超越宋代经济发展的水平。而陈寅恪先生所言的赵宋文化"造极说"代表了民国时期对中国文化的一种认识，即仅指汉族文化而且特指儒家文化。显然用这两个观点看待宋朝的历史地位是片面的。而这种片面性也大大局限了宋史研究的格局。

中国历史有几大问题，宋史研究都极少涉猎。由于宋朝武功不竟，北宋的国土面积大约只有260万平方公里，南宋更为狭小，只有北宋的三分之二弱。宋朝是中国历史上主要朝代中国土面积最为狭小的国家，而且东、西、北三面受阻于辽、西夏、金，因而宋史研究先天缺少汉唐史研究中的"中西交通"和元明清史研究中的"边疆史地"等大课题，也缺少历代边疆民族历史语言文字的课题，如鲜卑语、粟特文、回鹘文、突厥文、吐蕃文、于阗文、契丹文、女真文、西夏文、蒙古文等研究，还有西夏元明清时期的藏传佛教与汉传佛教融汇的课题，等等。而这些课题是关乎中国走向世界、世界走向中国的大问题。当然宋朝的海外贸易相当发达，但这不能与中西交通相提并论，因为宋朝的海外贸易只是停留在经贸关系上，而不是直接与世界主要文明古国和地区全方位的政治文化的对话。近几年有关《清明上河图》中有无胡商，画中骆驼是否来自西域等话题，引起学人的关注和讨论，就是一个显例。尤其到南宋，文化更加内倾，理学的排外思想是其后中国历史闭关锁国的始作俑者。此类问题在20世纪还被经常提起和论述，进入21世纪以来，已经越来越少有这种声音了。有学者以为"南宋模式的文化，已经成为汉文化的大传统"，这个看法跟前面讲到民国时期对中国文化的片面认知是一致的。其实在北宋和南宋时期，辽和金对"汉族"概念的解释已经发生变化,经过元朝时期蒙古、色目、汉人和南人的融合,到明清时期,中国文化形成了几大区域文化。南宋文化的继承主要是在南方地区(以江南为主),明清特别是清朝尽管作为统一国家,不可能没有南宋文化的影响基因,但是"南宋模式"早已一去不复返了,也是不言而喻的。

最后说一句,宋朝文明在20世纪以来得到域外学者的很高评价,但是在当时向世界传播中国文明的不是宋朝,而是辽朝和后来的蒙元。

再评"宋代近世说(唐宋变革论)"

进入 21 世纪,唐宋史研究中影响最大的问题,大致莫过于日本学界早在 20 世纪初提出的"宋代近世说(唐宋变革论)"引起国人的重视并形成相当大的热点,"学术界已经普遍以'宋代近世说'或'唐宋变革论'为基础讨论宋代问题"。

"宋代近世说(唐宋变革论)"是日本学者内藤虎次郎最早提出的,最早见于内藤虎次郎 1909 年讲授中国近世史的讲义的绪言:"近世史应从什么时代开始?当说是宋代以后。"其后在 1914 年出版的《支那论》、1920 年讲授《中国近世史》的讲义、1922 年发表《概括的唐宋时代观》中逐步系统阐述了他的宋代近世说。内藤虎次郎(1866~1934),号湖南,日本秋田县人,40 岁以前从事新闻记者工作,多年行走在中国,1907 年以后转任京都大学教授、学术带头人,是日本中国学京都学派的创始人。

内藤湖南对于宋代近世说的把握，有两条主线，其一是明显受到法国人基佐（François Pierre Guillaume Guizot）《欧洲文明史》的影响，其二是明显受到欧洲文艺复兴时代历史模式和特征的影响。内藤湖南概括了从贵族政体到君主独裁，再由君主政体到共和政体过渡的中国史的基本趋势。内藤湖南的宋代近世说运用了欧洲分期法将中国历史划分为"上古（或上世）""中古（中世）""近古（近世）"，又按欧洲的话语来诠释中国历史的文献资料，甚至也比照了欧洲以及明治日本的近代国民国家形成时出现的历史背景——君主与逐渐抬头的平民联手打倒贵族势力，从而构筑了中央集权体制。内藤以为唐代是中世纪的结束，而宋代则是近世的开始。从中世向近世的转移，应根据"贵族政治的衰颓和独裁的兴起"这一点，而从贵族政治进入君主独裁政治则是任何国家都能看到的自然顺序，是世界史的普遍现象。

但是必须注意的是，内藤湖南的"近世"确切地讲是指清代中国，他认为清朝时期所呈现的中国社会、政治、经济和文化等方面的形态早自宋代已经开始形成，亦即形成的君主独裁政治体制。内藤湖南深受中国17世纪以来的著名史学家、思想家顾炎武、黄宗羲等对君主独裁政治批判的启示，但往往是反其意而用之。顾炎武、黄宗羲批判宋明以来的君主独裁政治是为了回归古代的"封建"政治，而内藤以社会、文化结构变化为基准来审视君主独裁政治出现的"进步性"。显然内藤湖南参照西方史学方法和视角，但并不与西方完全雷同。

所以内藤湖南《概括的唐宋时代观》通篇都没有"唐宋变革"一语，把这一术语用来简称"中国历史从中古过渡为近世是发生在唐宋之交"的时代观，是后来的事。换言之，内藤提出的假说在二战结束前，不论是在日本国内还是国外影响都不大。二战结束后内藤湖南的宋代近世说经他的学生们发挥和展开，把唐宋时代观发扬光大，并正式接受"唐宋变革"之名作为京都学派的一个主要学说的，也就是把宋代近世说概括为"唐宋变革论"的，当首推内藤湖南的弟子宫崎市定（1901～1995）。内藤湖南专攻的断代史其实是清代，宫崎专攻的才是宋代。最早宫崎对于内藤湖南的历史分期并不相信，而是从数十年的研究中，达到了和内藤一样的见解：宋代是和唐代完全不同的时期，在中国历史上属于近世。两人的重点略有不同，内藤强调唐宋的分野，宫崎进一步阐释宋代所具备的"近世"特征。这主要表现在两个方面：一是内藤湖南曾将宋代比拟为西洋的文艺复兴时代，宫崎市定则对之作了全面系统的论证，认为"东洋（宋代）的文艺复兴比西洋的文艺复兴早三个世纪"，甚至前者还"启发和影响"了后者。他在中国宋代和欧洲近代文艺复兴之间列举了许多平行的史事，而且特别强调中国宋代与欧洲近代文艺复兴之间有两个突出共同点：（1）由于基督教和佛教的衰颓，社会和文化都世俗化了，"理性"哲学代兴；（2）城市和商业兴起，形成了自由支配土地、劳动力和资本的农业社会。宫崎在新生的宋代平民文化中发现了中国近世国民主义搏动的先兆，"人民"有了文化主体意识，不再奴隶般地效忠于皇室。简单地说，就是仿照欧洲文艺复兴、宗教改革、启蒙运动的历史模式，用单线历史观念，找出一个复线历史，在东亚各国寻找比欧洲更早的"近代"。

二是 1950 年 10 月，宫崎市定发表《东洋的近世》长文，他在此文中补充了内藤说在经济方面论据之不足，相当全面地列举了从宋代到清代的中国近世社会的特征：大规模的都市、发达的交通、繁荣的交换经济、建立在契约上的地主－佃户关系、中央集权的官僚国家体制、科举制度产生的文官体系、以佣兵制为基础的庞大中央禁军。所有这些特征，归纳起来，无非都是高度发达的交换经济与中央集权的国家特征相结合的体现。

通过新的论证，宫崎市定把内藤湖南的"宋代近世说"指向由内藤湖南偏重讨论其所处的中国现实社会状况的起始，转向侧重讨论按西方近代社会发展模式比附中国历史近代的起始。经过宫崎市定的发展，唐宋之间发生的诸多社会变化具有了划时代的意义，它不再仅仅是晚清中国社会制度、风俗、思想形成的源头，而是开启近代社会的大变革，遂成为"今天日本学界的定论，而具有不可动摇的地位"的"唐宋变革论"，"即从唐朝衰亡期经五代至宋朝建立之间，中国社会发生了具有决定意义的性质变化的观点"。（谷川道雄）

毋庸讳言，日本学界20世纪初提出的"宋代近世说（唐宋变革论）"对中国唐宋史研究做出过巨大的贡献和产生了深远影响。首先，它首次打破王朝体系用长时段的考察方法研究中国古代史，运用欧洲古代（上世）、中古（中世）、近代（近世）分期法，"在分析汉魏、唐宋的历史时，也大多是使用西方古代社会、中世社会、近世社会的特征作为衡量其时代发展之标准的"。其次，将唐宋之际作为中国古代历史发展的一个重大分水岭得到国际学界的认同。最后，极大地推动了国际汉学界对宋史的研究，特别是欧美中国古代史的研究。法国汉学家白乐日（Etienne Balazs，1905～1963）认为，中国古代社会的特征到宋代已发育成熟，而近代中国以前的新因素到宋代已显著呈现。因此，白乐日进一步认为，研究宋史将有助于解决中国近代开端的一系列重大问题。在第十一届国际历史科学大会（斯德哥尔摩）上，白乐日生前（1960年）制订的宋史研究计划得到批准。英国学者崔瑞德（Denis Twitehett）主编的《剑桥中国隋唐史·导言》说："内藤只是很笼统地阐述了他的理论，他原来不是搞学术的历史学家，而是一位从19世纪90年代开始研究中国的新闻工作者和时事评论员。……内藤勾画的总的轮廓，虽然主要凭直觉了解，对近代研究的发展来说却仍然是站得住脚的一家之言。"

美国宋史学界长期倾向于认为唐宋之间经历了从中世纪到前近代社会的深刻转型。其间的变化是如此重大，以至于一些学者甚至以"商业革命"来描述之。从20世纪70年代以后，美国学术界在唐宋变革的研究方向上，虽然出现新的变动，即逐渐形成了一个比较全面的新解说，但美国学术界受"唐宋变革论"的影响之深，是不言而喻的。

最新的研究显示，"宋代近世说（唐宋变革论）"的解释模式并非如我们曾经所想的那样有说服力。"宋代近世说（唐宋变革论）"本身存在着诸多不符合中国历史的理论缺陷，曾有学者概括总结了七点：其一，"唐宋变革论"不符合中国国情，已为近代中国反帝反封建的政治斗争所否定；其二，"唐宋变革论"中提出的"贵族制政治时代""君主独裁政治时代"是一组较为模糊的概念；其三，"唐宋变革论"对"近世"概念的界定缺乏客观清晰的判断；其四，"唐宋变革论"只是揭示历史表象，始终无法揭示唐宋变革的动力或原因是什么；其五，研究对象是整个中国，忽略中国历史的地域性和复杂性；其六，重视后半段，对秦汉以前的夏商周等朝代缺乏理论关注；其七，用欧洲中心的现代化理论的内涵（包括科学技术革命、工业革命、农业革命，个人主义、自由竞争、市场经济、合理的企业组织、民主政治、法治社会，由农业社会向工业社会、传统向现代过渡构成一个进步的系列）来衡量"宋代近世说（唐宋变革论）"，所谓宋代向近世社会的变革，其理论范式就更加显得苍白和不足。

"宋代近世说（唐宋变革论）"人为隔离10至13世纪的中国历史。众所周知，唐代以后的历史主线有三条：一是漠北主要是东北游牧渔猎民族政治势力的崛起，辽金政权是游牧渔猎文明与农耕文明的交融，在很大程度上也是唐代以来边疆社会历史的延续和转型。二是五代十国、北宋农耕区的局部统一，创造了不同于前代的"宋型文化""宋型国家"。三是西部党项势力崛起，并整合吐蕃、回鹘等政治力量。西夏一方面是西域与中原的经济文化枢纽，另一方面自身也融合了来自吐蕃、西域、中亚的文明。辽与金不尽相同，西夏与辽金也不尽相同。但是"宋代近世说（唐宋变革论）"却只立足于"中国本土"，即中国历史只是汉族的历史而不包括辽、金、西夏及其他政权的历史。日本研究唐以后中国历史画出两条主线：1.北宋—南宋—元（中国近世说的继续），2.辽—金—元（征服王朝，参见竺沙雅章《征服王朝的时代：宋·元》）。杉山正明就曾客观地指出，"一般来说'中国'在日本的研究中大部分意味着所谓的'中国本土'。将事物限定在'中国本土'中来看宋代史研究和元代史研究的差异，这个众人皆知"。"本来'中国'历史上就没有单一的汉族社会。可是日本的研究人员中有一个共同的特点就是'纯中国世界'和'非中国世界'，'中国本土'和'边疆地域'等过分单纯地分割为两大图示化的倾向。有时'万里长城'（当然在蒙古时代不存在）以外是'荒野'和'沙漠'的异象也偶尔出现。"[1] 为了证明"宋代近世说"的发

---

[1] [日]近藤一成著，王铿译：《宋元史学的基本问题》，中华书局，2010年。

展脉络，很多学者就把讨论10至14世纪中国历史的范围从北宋的260万平方公里转到南宋150多万平方公里的地域，再转向元明的江南更狭小的地区，历史的空间一步步缩小。在这样日趋狭小的疆域空间内又被侧重于君主、士大夫和科举制，即"精英"文化、地域重心及其相关的议题所主宰。

一言以蔽之，这种研究把中国多元一体的历史发展局限到狭小的江南一隅之地，是极其典型的削足适履式地将自己的主观意志（所谓的研究）强加在丰富多彩的中国历史之上的一种表现。这在相当大程度上局限了人们的视线。宋朝只是唐帝国政治文化遗产的一部分，并不是全部。宋以后中国的历史，汉族在中国文化的传承和创造上占主导地位，少数民族政权则在疆土和疆界形成上（包括向边疆地区传播中国文化）占主导地位。但是"宋代近世说（唐宋变革论）"的视角恰恰遮盖了中华民族及其疆界形成的丰富多彩的历史内容。

根据多位研究内藤湖南学者的观点可知，"把历史与现实结合起来进行观察的方法才是内藤史学的活力所在"。内藤的近世说不仅仅是就中国历史分期的学术问题展开讨论的,而且与他关注的当时中国政治走向以及日本对华政策分不开,即为处在辛亥革命前后的中国政治走向开出的"贵族政治→君主独裁政治→共和政治的社会发展趋势"方案服务的。中国的辛亥革命不是从旧体制、落后社会到新体制、先进社会的转换,而是"可以追溯到从唐代中叶到五代、北宋亦即离现在约一千年前到八百年前之间,已逐渐形成了我们所说的近世纪"。如何保障这种缘于历史"早熟"必然出现的"共和制"呢?内藤提出"中日共存的方向:即以先进国家日本的经验输入激活中国社会,由此达到国家自立的进程"。可见内藤湖南的"宋代近世说"不能简单地从学术层面来理解。

内藤湖南是日本军国主义侵华政策的拥护者,他首先是一个政论家,其次才是以史学研究为主的汉学家。内藤湖南的"宋代近世说"不仅按照西方历史分期方法划分中国历史,而且其中还隐含着日本学界从明治维新以后倡导的东亚"文化中心移动说"。在内藤湖南看来,经过了明治维新之后的日本,已经有了代表东方文明与西方文明抗衡的实力，因此它不但要取代中国成为东洋文化新的中心，而且中国文化也终将为日本的独特的文化特性所消融，并以此确立东方文明"新极致"，他指出这就是日本未来的文化"天职"。内藤湖南之所以会产生这种轻忽中国文化错觉就在于他的"宋代近世说"。"宋代近世说（唐宋变革论）"的实质是中国文明至宋代便没有再进步，是一种停滞论，更是为日本帝国主义侵华张目，这一点不能因为今天讨论学术问题就将其回避。有关中国封建社会长期延缓停滞早在20世纪二三十年代到七八十年代就是国内社会史大论战的主题之一，但讨论的实质是"我们的整部世界史都是以西方至上论及其历史的进化特征以及其他文明相对的停滞性为基础的"（谢和耐语）。这与"宋代近世说（唐宋变革论）"的中国文明停滞论是不一样的，后者有着鲜明的政治色彩："宋代近世说"貌似是一个赞美中国文化光辉灿烂、发达领先的历史理论，但它却是内藤湖南现实的中国观"国际共管说"的思想依据，与一个明显具有殖民色彩的对华设想联系在一起。内藤湖南通过"宋代近世说""向读者说明，中国早在八百到一千年之前的宋代就进入了近世，它虽然超迈世界近世历史进程有四五个世纪，但正是因为它过早成熟的社会形态，导致了时下（晚清）中国弊政丛生，从而制约了中国迈向文明社会的步伐，对此内藤以为这需要外部力量对它进行所谓的'刺激'，就如同中国历史进程中那种外部力量反作用于中国内部那样。提出了所谓'国际共管'的理论"（钱婉约《内藤湖南研究》）。内藤湖南虽然尊重中国文化，但是当他站在当时的日本国家利益立场之时，他的宋代近世说在理论上为日本企图"温情"入侵中国张目也是不能回避的。为此，笔者想说对于内藤湖南的汉学成就应当加以总结，但是对其服务于日本政论的观点则必须深刻反思，只有这样才能从历史中汲取真正的教训，而不落入黑格尔感叹的窠臼：人类唯一能从历史中吸取的教训就是，人类从来不会从历史中吸取教训。

要之，从20世纪20年代内藤湖南提出"宋代近世说（唐宋变革论）"到现今已经有约百年了，而进入大陆学界并成为热点也已有二十年了，但是国内的学者对这个假说进行认真反思的人并不多，绝大多数都是跟着感觉走，特别是将"宋代近世说（唐宋变革论）"作为贴标签式的研究成为 21 世纪以来唐宋史（主要是思想史、文学史、艺术史）研究的一大景观。"宋代近世说（唐宋变革论）"就像一个筐，什么东西都可往里面装，尤其是在很多人眼里已成了不证自明的"公理"，这无疑对唐宋史研究的发展是弊大于利的，所以笔者强调唐宋史研究特别是宋史研究应当翻过这一页，走出"宋代近世说（唐宋变革论）"，期望在新的高点和平台上，对唐宋史研究再出发。

唐宋史研究应该走出"唐宋变革论"，是指内藤湖南提出的那个假说，从学术规范、知识产权的角度来说，内藤的假说是有特定内涵的，包括贵族政治、平民社会、文艺复兴说等。如果中国学者研究这段历史，发现其中的变革，那应该重新界定，而不是直接套用日本学者的"唐宋变革论"——这样很容易产生误解，不利于学术进步。

宋朝国家文明的高度

1279年宋朝灭亡后，元明清人一方面对宋朝的文治给予高度的肯定，另一方面则对宋朝的积弱多有批评。从20世纪初至六七十年代，日欧美学界对宋朝历史都有很高的评价。国内从20世纪50至70年代曾用"积贫积弱"概括宋朝历史，到改革开放以后受域外学界的影响，对宋朝历史的评价如坐过山车，又将宋朝历史地位推向极高的程度，概括地讲，有四个突出表述：1. 宋代在经济上、生产技术上，为当时全人类农业社会中最繁荣的。宋代经济发展是中国古代"两个马鞍形"中的最高点。2. 宋代是我国封建社会发展的最高阶段，两宋时期内物质文明和精神文明所达到的高度，在中国封建社会历史时期之内，可以说是空前绝后的。3. 很多人推崇陈寅恪先生"华夏民族之文化，历数千载之演进，造极于赵宋之世"之说。4. 宋代在中国历史上虽称不上强盛之世，但它无疑是中华民族文明最昌盛的时代之一。

上述对于宋代历史地位的评价，无疑都有着翔实的历史事实依据，但是迄今似无从长时段反思宋代国家文明在历史长河中究竟达到的是怎样一个高度，宋朝国家文明在当时世界历史进程中又处在一个怎样的高度。笔者想就这两个问题谈谈个人的看法。

20世纪初至改革开放前，域外学者曾给宋朝国家文明以极高的评价，最具代表性的是日本的唐宋变革论，将宋代作为中国社会历史近世的开端。另外从科学技术发展的历史看宋朝，英籍著名中国科技史学者李约瑟（Joseph Terence Montgomery Needham，1900年12月9日～1995年3月24日）认为在公元10世纪到13世纪之间中国人所取得的科技成就达到了一个西方世界无法企及的水平。但是内藤湖南和李约瑟的评价最后都落在宋朝以后中国长期不发展的认识上。譬如内藤湖南、宫崎市定"宋代近世说（唐宋变革论）"貌似一个赞美中国文化光辉灿烂、发达领先的历史理论，但它却是内藤湖南现实的中国观"国际共管说"的思想依据，是与一个明显具有殖民色彩的对华设想联系在一起的。内藤湖南通过宋代近世说"向读者说明,中国文化在进入近代以后已是高度发达的文化,但是正是这个'早熟'的、高度发达的辉煌文明,导致了当前(晚清)衰老的、政治经济困难重重,亟待寻求出路的现实中国,对此内藤提出了所谓'国际共管'的理论"(钱婉约《从汉学到中国学》)。也就是说在内藤湖南看来,宋代以后至晚清中国社会一直停留在宋代发展水平上而没有进步,故需要日本和欧美国家共同瓜分中国进行治理;而欧美学者在接受日本唐宋变革论的同时也认为中国在14世纪停滞不前,伊懋可的代表作《中国历史的模式》(The Pattern of the Chinese Past)即认为中国先进的农业生产与欧洲早期罗马帝国和中世纪拜占庭帝国封邑内的农业发展模式比较接近,在8至12世纪达到最高水平,但是到14世纪时,经济陷入一种高水平的平衡圈,几乎无法通过内部力量产生变化。

李约瑟在肯定宋代科技水平在14世纪以前的世界范围内居于领先水平的同时,也提出了这样的疑问:欧洲在16世纪以后诞生了近代科学,这种科学已被证明是形成近代世界秩序的基本因素之一，而中国文明却未能产生相似的近代科学，中国的科学为什么持续停留在经验阶段，并且只有原始型或中古型的理论，其阻碍因素是什么？这个疑问被后来学者概括为"李约瑟难题"。

对于域外学者的评价，国内学者多有回应，20世纪20至40年代和70年代末至80年代中期，"中国封建社会长期延续问题"曾一度是史学界讨论的热点，有赞同者，也有驳议者。对于如何看待唐宋变革论，本人在2009年前后约请国内的相关著名专家和青年才俊就20世纪初以来唐宋变革论的由来、唐宋变革论对中国宋史研究的影响和唐宋变革视野下的宋代社会史、军政变革、政治制度、经济史、赋役制度、流通经济、城市社会变革、法律变革、文学艺术、学术思想和文化史变迁等方面的研究做了较为详尽的评述，虽然侧重点不同，但基本上都是从学术史的角度进行梳理。而"李约瑟难题"则从20世纪70年代以来一直为经济史学界、科技史学界、思想史学界和历史学界所关注，论者从社会结构、经济结构、思维模式、科举制度、文化传承、政治体制等方面做了许多有益探讨。

从上述评价和讨论来看，有两点值得注意，一是以欧洲社会历史、文化为尺度来诠释宋代历史。唐宋变革论是按西方分期法划分中国历史，又按西方的话语来诠释中国历史的文献资料，把中国的发展列入西方文明发展的大链条中，以为西方的近代化是人类世界共同的发展道路。必须指出，当西方近代化成功并成为人类发展的主导模式以后，世界各国因模仿学习或被迫而走上西方式近代化道路，与在西方近代化之前世界各国各自走自己的发展道路是不能混淆的。也就是说世界文明史的发展是多元的，基督教文明、伊斯兰教文明、印度文明和以儒家文化为核心的中国文明，在西方文明确立霸权地位的300年前都是按照自己的不同发展道路发展着。近代史家从宋文明中发现了与欧洲相类似近代文明的征象，而且比欧洲要早得多，如大城市的兴起、蓬勃的城市化、手工业技术的进步、贸易的发达，凡此种种，无不令人称奇，尤其是纸币的使用，更是其他文化所难以想象的。伴随着经济进步的，更有文官制度的成熟、文官地位达于巅峰、法律受到尊崇、教育得到普及、文学艺术的种种成就，但从主流看来，宋朝国家文明仍是中华传统文明的延续、深化和堆积。一种文明愈是发展得过于成熟，则蜕变为另一种新的更高的文明，似乎就愈是积重难返，步履艰难。宋朝经学完成了由"汉学"向"宋学"的转变，即由章句之学转变为义理之学，这不可能是什么犹如西方的文艺复兴，而正是中国传统经学发展的深化。（王曾瑜《王曾瑜说辽宋夏金》）西欧近代资本主义的兴起，其实应有政治、经济、思想、科学等诸多因素的综合配套，不可能只有手工业雇佣制的单一因素。某些促使西欧封建制和农奴制瓦解的因素，例如土地买卖的兴盛、货币地租的发展、工商业中雇佣制的发展等，是在中国古代长期存在的，即使晚到清朝，也看不出此类因素会使中国这个以租佃制为主导的农业社会行将解体。总之，唐宋时的大工商业雇佣制是存在的，但今人不必将此视为资本主义萌芽。尽管此类雇佣制与近代资本主义雇佣制有相似或相近的方面，事实上却没有产生近代资本主义社会。

美籍华裔学者刘子健在《中国转向内在》序言中说，"不应当将宋代中国称为'近代初期'，因为近代后期并没有接踵而至，甚至直到近代西方来临之时也没有出现。宋代是中国演进道路上官僚社会最发达、最先进的模式，其中的某些成就在表面上类似欧洲人后来所谓的近代，仅此而已"。宋代社会形成的新传统"在人类整个历史上，它的意义是远超欧洲中古，达到农业社会的最高峰。可是因为许多原因，这最高峰的光荣也是其中一个原因，它本身不但自己不能发展成为一个工业社会，而且在不得不走向工业化的时代，一定会遭逢到比其他社会更艰巨、更复杂，和需要更长时期才能解决的痛苦"[全汉昇《中国经济史研究》(二)]。我个人赞同这样的意见。

二是国内学者回应"李约瑟难题"的讨论多是从长时段来考量，亦即从整个中国古代社会来寻找不能产生西方近代化的原因，而对于宋朝对后世影响关注不多。宋朝文化对后世影响最大莫过于科举、教育与经学三位一体。范仲淹在庆历新政中提出的"精贡举"就开始强化经义在科举取士中的地位，王安石变法实行科举改革，考试科目罢诗赋，而主要以儒家经义取士。对于王安石的科举改革，虽然有反对意见，如苏轼主张完全复旧，主考诗赋，但是王安石变法的反对派大多数也赞成科举改革，如反对派领袖司马光就认为以儒家经义取士"乃革历代之积弊，复先王之令典，百世不易之法也"，但王安石不当以"一家私学，欲盖掩先儒，令天下学官讲解。及科场程式，同己者取，异己者黜"。虽然元祐更化和南宋科举考试经义兼诗赋，但进士科以经义为主，南宋以后以经义取士遂固定下来，为后世元、明、清所遵行而不废。在主张科举以经义取士的同时，宋儒又主张科举取士的来源应从学校培养，这一主张在北宋自仁宗至徽宗的三次兴学高潮中得到践行；南宋中后期书院兴旺发达，更使科举取士来自学校教育成为可能。宋初学校的教材主要是沿用唐代以来注解的经典，神宗熙宁以后除元祐年间外，王安石的经学思想及注解的经典成为主要教材。南宋时期朱熹汇集了北宋以来几代理学家的成果，把理学发展成一个完整的经学体系，也把理学教育提高到新的水平。在二程时期，理学的教学计划还是一些分散不完整的想法，在实践上，二程的教学也还缺乏系统性。朱熹发展了二程的主张，根据经典的难易程度和逻辑关系，全面论述了理学的教学计划，并运用于实践,使理学教育实现了由博返约的升华。宁宗朝后期,理学迅速在全国各级学校的教学中占据了主导地位。朱熹临终前仍在完善的《四书章句集注》成为明清时期学校的重要教材。所以由王安石、朱熹等为代表的宋儒所完成的经学、教育和科举三位一体,把经学和教育的功能单纯地、狭隘地局限于为参加科举考试而入仕,而官位成了读书人唯一的追逐目标。尤其要提到的是伴随经学、教育与科举三位一体的完成,北宋的思想发展由思想解放转向"一道德"。

宋儒以义理之学对汉唐章句之学的革新始自宋仁宗前后的疑古思潮,陆游曾经概括说:"唐及国初,学者不敢议孔安国、郑康成,况圣人乎?自庆历后,诸儒发明经旨,非前人所及,然排《系辞》,毁《周礼》,疑《孟子》,讥《书》之《胤征》《顾命》,黜《诗》之《序》。不难于议经,况传注乎?"(王应麟《困学纪闻》卷八)这种讥黜经传的学风,实不免有臆断之弊,但从"疏不破注",到"舍传求经",再到"疑经改经",确是一次思想解放运动。这一运动,造成了两汉以来中国学术史中罕见的活跃气氛，也开创了一个标新立异的时代。然而新的时代没有持续太长的时间，思想解放运动就开始向"一道德"转变，这首先出现在熙宁时期王安石在变法过程中企图用"三经新义""一道德"，遭到了其他在野和民间发展的温公学派、苏蜀学派、洛学派的强烈反对，而南宋时期更是遭到集理学大成的朱熹的反对，但是他们的反对，不是说"一道德"的做法对不对，而是反对用王安石的学说"一道德"。换言之，这些学派都有一个共同的追求，就是要用自己的学说"一道德"，意欲把所有士人的思想统一在自己学说的旗帜下，非同类的学说一律予以排斥或打击。所以当南宋后期理学被官方定为一尊之际，王安石的新学、苏蜀学派就都成了异端之学。宋仁宗时期新儒学诸家并起，当时义理之学最大的价值，本来在其打破汉学章句教条的疑经精神，不意到南宋中后期，其打破教条的精神自身成了不能被挑战、不能被质疑的教条。范仲淹要求经学教育联系社会实际，王安石通过注经鼓吹变法，他们强调提高学生的道德修养，也训练学生的治国从政能力。而理学家把抑制物质欲望作为解决各种社会问题的根本办法，所以十分片面地强调向学生灌输传统伦理。朱熹一再申明理学是"为己之学"而不是"为人之学"。从此，士人治学、仕进、行止、伦常无不打上理学说教的烙印。公元1200年朱熹死后，理学几乎止步不前。因为他们以继承孔孟道统自居，以注释经典为基本手段，儒学的框架必然不允许他们的理论无限发展。此外，朝廷将理学定为唯一正统，学者不能自由地加以批评和讨论，其学说变成了僵死的教条。因此，程朱理学到朱熹时就走到了顶点，以后这个学派没有再出现重要的理论发展，也没有再出现有重大贡献的思想家。

可以说从北宋中期的思想解放到南宋后期的思想禁锢，这是理学完成"一道德"的直接后果。这个后果是对中国士大夫更深、更厉害的思想禁锢。在此种教育和文化环境下培养出来的最优秀士人，其最伟大的理想无非是赢得金榜题名，然后治国平天下。反观西方，近代所有的哲学家都是自然科学家，不少科学家有乐于献身科学、造福人类的襟怀，这在中国古代前述的三位一体环境中，是不可能产生的。

另外，中国在14世纪以前虽然取得了科学技术的辉煌成就，并长期处在世界的领先地位，这是相对于欧洲地区科学技术发展较为缓慢而言。14世纪以后，欧洲地区科学技术发展较快，中国依然是按照此前的发展状态向前发展。如果说元明清比宋朝及以前发展缓慢一点，只是速度相对缓慢，并不是没有发展，不是没有进步，更不能说倒退了，而是与欧洲文艺复兴时代到来后的突飞猛进的发展相比落后了，这是中国整个社会文明之使然。科学技术的发展是与社会、经济、文化多方面的要求相适应的，既然宋朝以后的中华文明难以产生工业社会，那么科学技术自然领域也就不会出现近代科学。正是从这个意义上讲，我们就不难理解李约瑟在论述宋朝理学和自然科学的黄金时代时所言的深意："宋代的理学哲学本质上是科学性的，伴随而来的是纯粹科学和应用科学的各种活动的史无前例的繁荣。然而，这一切成就并没有把中国的科学提到伽利略、哈维和牛顿的水平。经过元、明两代的停滞不前，在清王朝时期出现了人文主义学习的高潮。十分明显的是，当我们回过头看时，会发现除了一系列意想不到的事外，中国文明是不会产生近代自然主义科学的。"[1]我认为这个评述相当客观、准确，与西方中心论没有实质关系。

附论：从世界历史发展进程看宋朝国家文明的传播

有学者指出宋朝在没有外部影响下取得了很大进步，斯言甚是。所以从世界文明发展来讲，宋朝不是一个积极向外的主动者。宋朝文明在很长时间内并不为世界所知。以往多是从佐证宋朝文明取得的伟大成就来讨论《马可·波罗游记》一书的珍贵，而很少有人从西方广知宋朝文明大致始自元初意大利人写的《马可·波罗游记》这一角度，来反思宋朝文明趋于内向。在辽金元"开启欧亚大陆世界和中国史相邂逅交锋的六百年"中，宋朝居于很次要的地位，这是一个不能回避的问题。

不可否认，盛行近千年的丝绸之路在中唐以后开始衰落，这个衰落不仅是中国经济重心逐渐南移的结果，而

---

[1][英]李约瑟著：《中华科学文明史》第1卷，上海人民出版社，2010年，第25页。

且与公元6世纪后世界历史格局开始发生变化密切相关。用西方历史学者的话来说："公元500年左右，整个欧亚大陆处于动乱时期，亚洲草原上游牧民族侵袭了当时所有的文明中心。虽然古典时期的成就并未完全丧失，但中国与西方、北非与意大利、拜占庭和西欧之间的联系却大大减弱。在随后的几个世纪中，各个地区又退回到依靠自身资源独立发展的状态。"[1]安史之乱引起的巨大社会动荡，给后来的统治者对以积极开拓政策应对北方高原民族的挑战提出了疑问。宋朝的建立者和后继者差不多就只满足于对传统农耕区域的控制，谨华夷之辨成为朝野大多数人的共识。在这种大背景下，欧洲与宋在陆路很少交往，"在从公元600～1100年的至少五个世纪当中，欧洲的古典传统已黯然失色"[2]。据研究，居住在宋朝开封的70姓犹太人是通过海路从印度登陆来到宋朝的。"中国与基督教世界的关系于9世纪时中断，而于13和14世纪时又得

---

[1] [英] Richard Overy 著，毛昭晰译：《泰晤士世界历史》第四篇《割裂为诸多区域的世界》导言，希望出版社、新世纪出版社，2011年。
[2] [英] 赫德逊著，李申等译：《欧洲与中国》前言，中华书局，2004年，第2页。

以恢复。"[1]"在广大的中亚、西亚地区很少发现可以肯定是从陆路运来的北宋器物,这是和当时的政治形势相应的。北宋北阻于辽,西阻于西夏、回鹘。黑韩王朝和塞尔柱突厥虽和北宋曾多次发生联系,但较大规模的陆上的往来,特别是贸易往来是不大可能的。"[2]而西域中亚从陆路朝贡所带来的马匹、玉石、香料、乳香、畜牧业和狩猎产品、毛织品、琉璃器、佛牙、水晶、琥珀、珊瑚、硇石、宾铁剑甲、宝器、碙砂、腽纳脐等商品对宋朝经济文化和社会生活的影响很有限。[3]汉唐因积极开拓,带回的大量的西域产品和"胡人"习俗文化,宋不可同日而语。宋人认为的胡文化或者胡俗多指西夏、吐蕃、契丹等周边民族的文化或习俗,这一点与唐代欣赏来自中亚、波斯等的胡人习俗有很大不同。[4]宋代社会生活中的一些西域文化因

---

[1] [法] 安田朴著,耿升译:《中国文化西传欧洲史》,商务印书馆,2000年,第51页、第62页。
[2] 宿白著:《考古发现与中西文化交流》,文物出版社,2012年,第108~109页。
[3] 朱瑞熙等著:《辽宋西夏金社会生活史》,中国社会科学出版社,1998年。
[4] 杨蕤:《宋代陆上丝绸之路贸易三论》,《新疆大学学报》,2009年第5期。

素,如宫廷教坊中的龟兹音乐舞蹈元素,还有"胡床""胡椅"等大都是从唐代继承而来,并非来自宋夏时的中西陆路交通。即便是在海外贸易大发展的北宋中后期,日本、高丽、欧洲、阿拉伯等国家和地区并无足够的大宗商品与北宋交换,海外贸易占财政收入不足3%。[1]深受印度文化影响的东南亚和印度洋沿岸与宋朝的交往亦是以出口资源性商品为主,如香料、药材、犀象、珠玉等,未经加工或技术含量较少,对宋代的社会生活只能起到一些互补性的作用。总之,汉唐以吸收外来文化为主的态势在宋代已被强固的民族本位文化所取代。虽然宋代对外交通甚为发达,但其各项学术都不脱中国本位文化的范围,其排拒外来文化的成见,也益加深。[2]

与宋朝文化"独立"发展相应,漠北回鹘西迁后亦在与当地各民族融合的同时接受距离自身更近的波斯-

---

[1] 黄纯艳著:《宋代海外贸易》绪论,社会科学文献出版社,2003年,第3页。
[2] 傅乐成著:《唐型文化与宋型文化》,《中国通史论文选》,台北华世出版社,1979年,第314页、第350页。

阿拉伯伊斯兰文化。宋朝先进的物质文化不同程度地从海上传入东南亚及非洲，如瓷器、货币等。"中亚、西亚摹仿我国陶瓷的釉陶工艺发展很快……，12世纪伊朗陶艺出现了一个大发展时期，是受到宋代给予的影响的推论，已得到一般承认。"[1]但是在唐代安西大都护府治所的龟兹故地，现今可以看到很多汉唐以来的文物和历史遗迹，却罕见宋代的文物和历史遗迹。编撰于北宋神宗熙宁年间前后的两部回鹘文化巨著：长诗《福乐智慧》和《突厥语大词典》，与中原文化极不相同。如果说其中依稀有汉文化的影子，那也是汉唐文化的遗风，"喀什噶尔称下秦……桃花石和汗据说应释为'伟大的和古代的统治者'。比较可能的是，这一称号是从前和中国接壤的邻族所留下的，也是突厥人对于中国人的国家观念的一种爱好"[2]。可见是由于宋与西域的政治隔绝所致。更有甚者，北宋徽宗时期，

---

[1] 宿白著：《考古发现与中西文化交流》，文物出版社，2012年，第109页。
[2] [苏联] 威廉·巴托尔德著，罗致平译：《中亚突厥史十二讲》，中国社会科学出版社，1984年，第101页。

海外俗指"中国"为汉或唐,即使宋廷令诏改文书用国号"宋",也无济于事,外人称唐如故。[1]

联合国教科文组织编写的《中亚文明史》第四卷(上)在写到哈剌契丹文明之后说道:显然耶律氏是伟大的幸存者,他们是契丹人中非常具有代表性的贵族,曾为契丹人立下了赫赫功绩。在他们的第二个伟大政权哈喇契丹垮台之后的数百年中,在远达东欧的各个散居之地,契丹人仍然能够保持某种程度的族裔认同。在沃古尔人(Voguls)和奥斯加克人(Ostiaks)等西北伯利亚人的英雄诗史中都曾提到契丹人,而那里的河流名称也反映了他们的存在。作为部族的名字,Kitan, Katay, Kitay,或者这些名字的各种变体,见于17世纪居住在乌拉尔河以西的卡尔梅克人(Kalmuchs)中,也见于伏尔加地区的巴斯吉尔人(Bashkirs/巴只吉惕),甚至克里米亚(Crimea)的鞑靼人。西面远达摩尔达维亚(Moldavia)的一些相应地名证明了早先契丹群体的存在,而13、14世纪匈牙利编年史曾将契丹人

---

[1] [日] 桑原骘藏著,陈裕菁译:《蒲寿庚考》,中华书局,2009年。

定位在顿河沿岸。但是契丹力量的最持久印记就是它的名字"Cathay",这是中国之名的中世纪拉丁写法,仍保留在许多现代用法中,并且俄语中的"中国"也是用的这个词。寻找传说中的 Cathay 是 15 和 16 世纪地理大发现的主要动机。契丹人的历史构成了世界历史上真正不寻常的一章。

要之,宋朝国家文明在 20 世纪以来得到域外学者的很高评价,但是在当时向世界传播中华文明的不是宋朝,而是辽朝和后来的蒙元。换言之,宋朝国家文明的高度,是 20 世纪以来日欧美学界根据其研究历史的范式重新"发现"的,而当时的实际却是"养在深闺人未识",其影响力远不能与汉唐元明清传播中华文明相提并论。

近期美国学者将世界"全球化"趋势的出现上溯至公元 10 世纪,就宋朝国家文明的特质而言,不仅没有走向全球化,而且是逆全球化而行。由此可见,全球化不能仅从商贸入手,更应看到世界不同地区在西方文明扩张的 300 多年之前,甚或 15 世纪哥伦布地理大发现之前,不同区域文明的不同走向。

《金宋史论丛》读后

1997年5月在广州、珠海"元史暨宋元文化学术研讨会"上,有幸初识陈学霖先生。其后多有书信往来,并获陈先生惠赐多部金、宋史著作,令晚学受教良多。陈学霖先生是一位享誉海内外学界的著名中国史学者,早年就读于香港大学,后入美国普林斯顿大学,获哲学博士学位,历任新西兰奥克兰大学历史系高级讲师、美国哥伦比亚大学编纂处研究员、澳大利亚国立大学远东史系研究员、台湾大学历史系客座教授、美国西雅图华盛顿大学杰克逊国际研究学院及历史系教授,1992至2000年任职香港中文大学历史学讲座教授,两度出任系主任。1998年以来任中国宋史研究会理事。已出版中英文专著10余种,其研究领域跨宋金元明诸代历史,尤精擅金史研究。今年陈先生将他自20世纪60年代以来用汉文撰写发表的10篇论文汇集成册,名为《金宋史论丛》,交由香港中文大学出版社出版。这10篇论文涉及金朝的政治经济、军事制度、人物、史学及宋金关系，包括《"大金"国号之起源及其释义》《金朝的旱灾、祈雨与政治文化》《金宋茶叶贸易考略》《金代"射粮军"考释》《"水寇"抑"义军"？——南宋初邵青考述》《赵彦卫〈云麓漫钞〉之宋金史料》《金季循吏王元德墓志铭考释》《楼钥使金所见之华北城镇——〈北行日录〉史料举隅》《元好问〈壬辰杂编〉与〈金史〉》《刘祁〈归潜志〉与〈金史〉》。陈先生学识渊博，学风谨严，在金宋史研究上造诣深厚，见解独到。以下仅是笔者学习《金宋史论丛》的几点心得体会。

《金宋史论丛》读后印象最深的是对陈先生始终重视金代史料学的探索和建设。早在大学时代，陈先生为了了解金末文豪元好问的诗词的历史背景，有意识钻研金朝历史及其史学著作，曾先后用中、英文撰写了《〈金史〉的纂修及其史源》《金史学三种》和《金代社会史》等论著和译作，对金代史料源流有过深入研究，而这一探索一直贯穿于陈先生的金史研究。收入《金宋史论丛》的一半篇幅都是有关金代史料的讨论和考核，这就是最好的证明。

如:《赵彦卫〈云麓漫钞〉之宋金史料》,一共选载10则,分别考证其史事内容及摘引有关宋金史料互相印证,并详加注释以评估其史学价值,肯定是书对研究宋金历史的贡献;《金季循吏王元德墓志铭考释》一文,勾勒有关文献及碑刻记载,对台湾"中央研究院"历史语言研究所傅斯年图书馆庋藏的金季提刑使王元德的墓志铭:《大金故少中大夫知南京路提刑使事兼劝农采访事王公墓志铭》作了详细考证,并指出其对金史研究的重要性;《楼钥使金所见之华北城镇——〈北行日录〉史料举隅》一文,以孝宗乾道五年底至六年初(1169~1170年),楼钥奉使金国世宗庆贺正旦为背景,分析其"语录":《北行日录》所记载路途上的见闻,特别是沦亡女真统治后的华北城镇及民生的情况,并对其史学价值作了评估,以为"过去史家并未充分利用《日录》,去研究这一段宋金历史,诚是失之交臂"[1]。对于元好问《壬辰杂编》及刘祁《归潜志》与《金史》的关系的考订,说明两书均是《金史》修纂时的重要史源。

---

[1] 陈学霖著:《金宋史论丛》,香港中文大学出版社,2003年,第233页。

史料是治史的基础，正是由于陈先生始终对金代史料学建设的重视，在研究问题时既能广博采访、鉴辨有金一代的基本史料，又能深入钩稽、考核宋辽元各代的各种资料，才使得《金宋史论丛》各篇议论得当、深中肯綮，言之有理、信而有征，对金宋对峙时代有深入开创性的研究。

虽然《金宋史论丛》讨论金朝的政治经济涉及金国号之起源及释义、金朝的祈雨与政治文化、金国与南宋的茶叶贸易等不同方面，但有一条主线贯穿其中，这就是女真族文化与汉族文明的碰撞与融合。这是读《金宋史论丛》书后又一至深的印象。《金国号的变义与德运论》一节指出："汉民族所建立的王朝，很少半途要重新解释或更改所立名号，但是非汉民族入主中原建国的，在汉文化的冲击下，文化政治体系与社会经济组织都有显著的变化，需要改弦更张以配合实际统治的要求。女真统治者将国号赋予新解释，而其苗裔满洲族力谋隐讳其与祖先的关系，因而更改其政权名号，就是最明显的例子。"[1] 有关

---

[1] 陈学霖著：《金宋史论丛》，香港中文大学出版社，2003年，第24页。

金朝的祈雨与政治文化,陈先生在结论中说:"金朝女真帝王自世宗开始,对于天旱的应对和救灾的措施,在汉化的冲击下,已经汲取中原的礼俗典制和政治体系,逐渐改进,到章宗便发展成为一套成熟的模式,为后继诸帝奠立基础。这个模式一方面显现女真旧俗与汉人传统的融合,另一方面表现金朝对唐宋体制的继承和光大,对于元明清三朝在这方面的发展有相当影响。"[1]对金宋茶叶贸易对金宋关系的影响,陈先生评价说:"女真统治者显然承认饮茶对汉人的重要性,并准备满足其需求,然而因为北方几乎不产茶,所以得从南宋获取茶叶供应。当女真统治贵族日益受到汉文化影响,逐渐将茶作为一种辅助饮料,对茶叶的需求更多,相应地增加从南方的进口。""当女真人逐渐嗜好饮茶,进一步加剧需求,朝廷也更难控制局面。因此这个特殊的问题表明金宋统政治上的分裂,对中国南北统治者及民众财政经济福利的严重影响"。[2]在这里陈先

---

[1] 陈学霖著:《金宋史论丛》,香港中文大学出版社,2003年,第57~58页。
[2] 陈学霖著:《金宋史论丛》,香港中文大学出版社,2003年,第85、86页。

生从文化史观的角度论证和揭示了落后民族在进入发达文明地区后，必然要不同程度地接受先进民族的统治形式和文化习俗这一基本的历史规律。陈先生虽不是马克思主义史学家，但他所揭示的历史真相和意义与马克思所论证的"野蛮的征服者总是被那些他们所征服的民族的较高文明所征服，这是一条永恒的历史规律"，殊途同归。

读《金宋史论丛》的第三个至深印象，是陈先生研究金史的视野不仅仅局限于金朝一代的史实，而是能从宋辽夏元的角度关照金史的研究，也就是说打通辽宋夏金元，特别是打破金宋此疆彼界的界限。已故著名历史学家邓广铭先生在论述研究宋史应关照辽金夏史时说："十至十三世纪的中国历史，决不能局限于北宋或南宋的统治区域。事实上，想这样严格地区分畛域也是行不通的。因为，北宋与契丹、西夏、回鹘等政权，南宋与金及大理等政权，彼此之间的和平交往与矛盾斗争的事件是大量存在的，在论述这类事件时，只谈其中的任何一方面而不涉及其对立的一方，那是断然讲不清楚的。"所以只专注辽金史而不关照宋史，辽金史研究难以深入；同理，只专注宋史而不关照辽金史，宋史的研究也不够全面。而陈先生的金史研究恰恰具有断代通识和全方位整合的特点。陈先生不仅能穷尽丰富的宋代文献中记述金朝史实的资料以补金史资料不丰的缺憾，而且其本身在宋史研究亦有颇深的造诣。1993年陈先生在台湾东大图书公司出版的《宋史论集》广泛论述宋代政治思想、人物与吏治、宋与辽金及宋蒙间的关系，以及宋金史料与史学的问题。特别是关注在金宋交往与斗争大背景下的历史事件和人物，如《"水寇"抑"义军"？——南宋初邵青考述》及《宋史论集》所收的《宋代书禁与边防之关系》《宋金二帝弈棋定天下——"宣和遗事"考史一则》等，是陈先生研究宋史的一个显著特点。因为有了宏大的历史视野和坚实资料的基础，所以陈先生的金宋史研究独树一帜。《金宋史论丛》是研究金宋史的人不可不读的一部佳作。

（原刊于《史学集刊》2004年第3期）

宋代思想史的新诠释

学术的每一次进步,总伴随着研究取向和方法的改进。对于已经反复精耕细作,且编撰、叙事方法又颇为程式化的思想史而言,若没有研究取向和方法的改进,要谈其进步和突破,是难以想象的。可喜的是自 20 世纪 80 年代以来陆续出版了几部"重写"宋代思想史的佳作,在研究取向和方法上有新的探索。这几部佳作是:先师漆侠先生的遗著《宋学的发展和演变》[1];[美]包弼德(Peter K.Bol)《斯文:唐宋思想的转型》[2];[美]田浩(Hoyt Cleveland Tillman)《朱熹的思维世界》[3]以及葛兆光先生《中国思想

---

[1] 漆侠著:《宋学的发展和演变》,河北大学出版社,2002 年。以下简称漆著。
[2] [美] 包弼德(Peter K.Bol)著,刘宁译:《斯文:唐宋思想的转型》,江苏人民出版社,2001 年。以下简称包著。
[3] [美] 田浩(Hoyt Cleveland Tillman)著:《朱熹的思维世界》,陕西师范大学出版社,2002 年。以下简称田著。

史》第二卷第二编宋代思想部分[1]。他们从不同角度重新诠释宋代思想，使宋代思想史研究水平有了较大提高。笔者并不专治宋代思想史，只是出于对宋代思想史学习和了解的愿望，研读了这几部佳作，受益良多。下面是我的几点读后心得，不妥之处，尚祈大家指正。

一、研究取向与方法的新尝试

先师漆侠先生是一位马克思主义历史学家，在宋代政治、经济史研究领域取得了很高的成就。漆先生至晚年力图重写宋代思想史，于1995年发表长文《宋学的发展和演变》[2]，是为其生前重写宋代思想史的总纲。在这篇文章中，他认为以往宋代思想史的研究，在方法上存在着不少弱点和不足，其中一个主要的弱点和不足是："由于研究者们自身与政治的脱节，因此在考察古代学术思想的发展过程中，往往习惯于沿着从思想到思想的认

---

[1] 葛兆光著：《中国思想史》第二卷第二编，复旦大学出版社，2000年。以下简称葛著。
[2] 漆侠：《宋学的发展和演变》，《文史哲》1995年1期。

识路线进行，割断了这些思想同社会经济的联系。这样一个研究结果就只能寻找到这种思想同那种思想的联系，而找不到形成这种思想的政治经济诸关系，以致使这些思想成为无源之水，无本之木，孤零零地无从挂搭，像朱熹所说的失去了气的理所遇到的那样。与此同时，也就不自觉地夸大了这些思想的作用和意义，使这些思想成为超时空的绝对的观念，成为只能歌颂不能动摇的绝对真理。"对这个问题漆先生曾拟在《中国哲学史研究走向何处去——'宋学的发展和演变'（代序）》一文中作深入讨论，遗憾的是先生遽然离去，未及写完本文。但是把宋代思想与各时期的政治经济联系起来进行考察，引入政治史和经济史的视角，是先师漆侠先生重写宋代思想史的新取向，并已贯穿于遗著的每一个章节之中。

近二十年来，美国学界对唐宋变革史研究，"越来越重视思想文化变迁的历史影响"[1]。田浩和包弼德的著作是其代表作。田浩教授长期研究宋代思想文化，20世纪80

---

[1] 包伟民：《近二十年来的美国宋史研究》，《光明日报》"历史周刊"，2000年11月3日。

年代初出版的《功利主义儒家陈亮对朱熹的挑战》[1],被本杰明·埃·史华慈(Benjamin.I.Schwartz)誉为"以西方语言叙述宋代儒家思想多种特征的最生动、最易为人理解的作品之一"[2]。田浩先生说前人多将思想史作为哲学史来研究,新的研究取向则通过更广阔、更深入的视野理解思想史,从人们的社会行为中去理解他们的思想。余英时先生在为其《朱熹的思维世界》中译本作序时评论说:"此书不但是一部思想史的研究,并且注重思想的社会背景,因此也可以说是思想史与社会史交互为用的研究。这和一般哲学史的取径颇有不同,而各有短长,但决无法互相取代。……这种研究的长处是能把思想的发展放在当时的文化、学术、社会、政治等情境中求得了解,因而予读者以既生动又具体的印象;其短处则是稍不经意即容易流入某种方式的化约论以至决定论,使思想的自主性消失在外缘情境之中。本书恰恰发挥了这一研究方式的长处,而

---

[1] [美] 田浩著,姜长苏译:《功利主义儒家陈亮对朱熹的挑战》,江苏人民出版社,1997年。
[2] [美] 田浩著,姜长苏译:《功利主义儒家陈亮对朱熹的挑战》,第8页。

避免了它的短处。"[1]

包弼德先生亦多年从事7至17世纪的中国思想文化史研究，《斯文：唐宋思想的转型》可以说是他多年研究的结晶。这是一部别开生面的著作，他的研究方法颇不同于过去的研究，用作者的话说，"至少从四点来看，本书偏离人们对一部唐宋思想史著作的要求。第一，它不是一部儒学的历史。第二，它没有认真地处理佛教问题。第三，它将文学作为核心的讨论角度，许多主要的思想家，首先被当作文学家来对待。第四，它忽视了绝大多数早期新儒家即是道德哲学家"。而他之所以这样做，"从某种程度上讲，这些决定来自我这样的信念，即哲学史并不总是代表思想文化的历史，或者能充分地描述和解释我们借以建立共同价值观（Shared Values）的那些方式"。[2]因而他另辟蹊径，引入社会史和政治史的分析，提出唐宋思想转型的社会基础是士人身份从门阀士族，向文官，再向地方精英文人的转型。在这一转型过程中，"学"逐渐成

---

[1] 田著第1页。
[2] 包著第6页。

为确立士人身份的最主要标志。而以文学作为思想解释资源，可以说是一个大胆的尝试，它凸现了古文运动作为一场思想运动在思想史上的意义。

葛兆光先生的《中国思想史》第一、第二卷问世后，在海内外学术界引起广泛的关注，关注的焦点是葛兆光试图在思想观念上建立一种和过去不同的方法、观念和系统，要有一些新的发展和突破。的确，他在第一、第二卷的两篇导论中用了相当大的篇幅来讨论"重写"的动机、方法和文献，他说："我所谓'思想史的解释'，也许更重要的是转换了'传统思想史写作'的几个基本预设和立场。第一个是，我比较多地强调知识背景、思想背景对思想史作为基础的背景的运用；第二个是，强调知识系统和思想系统之间的关联；第三个是，可能比较多地采用'倒着写'。我比较重视某个东西在思想史中起作用时，它是怎样被历史记忆唤回并发生作用的，而不太注重它当初发生和产生时固有的意义。"[1]他还说，以

---

[1] 肖自强：《思想史与每个人相关——葛兆光访谈录》，《中国图书商报》2001年4月19日。

往的思想史可以说是精英思想的历史,精英思想固然应该记录,但这些思想在当时的社会究竟起多大作用却值得怀疑。我们应该关注的不只是那些经典的文本和精英思想,更应关注在实际的历史生活中起作用的那些一般的普通的知识和思想,发掘以前不为人们关注的平庸的时代和平庸的思想,这些思想并非与精英思想毫无关系,而是后者存在的土壤和依据。对于葛兆光的"重写"思想史的努力和探索,批评界不论是赞誉者还是商榷者均给予积极的肯定,"说这部书代表了中国思想史的一次全新的写法应是不过分的"。

以上所述,给人们一个重要的信息,用新的研究取向和方法重写宋代思想史和中国思想史已在20世纪末期悄然兴起,这种新的研究取向和方法主要表现在三点:一是以哲学史等同思想史的研究方法受到一致的抨击;二是思想与当时的社会、经济、政治、文学的联系受到关注;三是思想史解释资源的范围扩大,社会史、经济史、文学史、学术史乃至文献学、考古学等所依据的资料大量进入思想史的视野。

二、突破以程朱理学为主体的思想史旧框架

漆侠先生认为:"从过去的研究来看,大体上存在两个偏向。一个偏向,是把理学代替宋学。我的老师邓恭三先生在《略谈宋学》一文中,已经指出了这一问题,'应当把宋学和理学加以区分'。宋学和理学的关系是,宋学可以包容理学,而理学则仅仅是宋学的一个支派。在宋学的建立中,被称为宋初三先生的胡瑗等人,起着奠基者的作用。然而由于过去以理学代替宋学,一些研究者们仅仅把胡瑗等人的学术思想作为理学的一个来源加以论证,于是宋学的奠基者反倒成为理学的附庸而存在了,这显然是违背历史实际的。第二个偏向是,大多数的研究者贬低了荆公学派,《宋元学案》在末尾数卷中立有《荆公新学略》,明显地贬低了荆公学派;近代学者对荆公学派虽然作了较为广泛的研究,使荆公之学为世所知,从而与《宋元学案》有所不同,但也没有把荆公学派安置在当时学术界的主导地位上,甚至安置在二程理学派之下,这尤其是

违背历史实际的。"[1]先师漆侠先生在他的遗著中,以宋学涵盖有宋一代学术,使此前被摈弃于宋代学术之外的如宋学形成阶段的范仲淹、欧阳修等思想家的思想,王安石及其代表的荆公新学派的思想,苏蜀学派的思想等都得到了充分的论述,由此摒弃了此前以理学为主体的旧的学术框架,形成了一个更富有内容,更切合宋代学术实际的新框架。在此新框架中,是书极其重视从整体上把握宋学形成、发展、演变的历史过程。特别是此书对北宋初年以来学风、文风、政风巨大变化的论述和指明以王安石为代表的荆公学派在宋学发展阶段居于主导地位,是不同于以往宋代思想史论著的主要亮点。

虽然田浩先生研究的道学是以程朱为主,但他不取《宋史·道学传》的"道学"观念,因为这是程朱学术变成钦定的"正统"以后的狭义用法。他说:"我认为'宋学'是宋代儒学复兴运动的统称,而'道学'则是'宋学'的一个分支","当代部分学者称'宋学'为'Neo-confucianism',可是我会避免使用这个字眼,'道

---

[1] 漆著第5~6页。

学'不等于程朱哲学（有些学者称'程朱哲学'为'Neo-confucianism'或'Neo-confucian orthodoxy'理学正统）；但本书要证明宋代道学范围比程朱哲学广泛"。因此他说道学涉及儒家理论中互相关联的三个层次，在《功利主义儒家陈亮对朱熹的挑战》一书中指出11世纪儒者自觉复兴从古典时期开始的儒学圣贤之道。他们认为道有三个方面：体、用、文。三者关系如下："'君臣父子、仁义礼乐、历世不变者，其体也；诗书、史传、子集、垂法后世者，其文也；举而措之天下，能润泽其民，归于皇极者，其用也。'[1]体，虽然作为支配人们之间关系的根本原则进行讨论，它仍被看作不变的。文的范围很广，包括从纯文学到公文以及哲学论文。用既包括个人修养、经世致用，又包括社会约束。道的三个方面概括了宋学的总的目标。"[2]他的这个探索到《朱熹的思维世界》更为清晰明确，得到进一步的发展："本书所讨论的道学学术交流包括三个关键儒家理论层次：（1）西方人所谓的哲学思辨；（2）文化价值；

---

[1]《宋元学案》卷一。
[2][美] 田浩著，姜长苏译：《功利主义儒家陈亮对朱熹的挑战》，第23页。

（3）现实政论。宋代儒学中很多重要的分歧都集中在中间的文化价值层次。哲学思辨是指对极为抽象或最基本原理的演绎推理，对文化价值和现实政策的讨论涉及哲学思辨，但这里所谓的哲学思辨专指对自然和万物最抽象层次的思考。许多现代学者醉心于宋代的'形而上学'的研究，但本书能够证明道学家热衷讨论这三个层次的问题。"[1]

包弼德对全祖望在《宋元学案》中所梳理的宋代思想学术框架提出批评："他对待11世纪的思想发展是依据他们对程朱学派出现的贡献，或者是与其类似之处，并通过援引那个学派成员的正面评论来印证他何以把这些人收录进来，在我看来，《学案》不能充当'世纪思想史的一部可靠的记录'，因而他以为宋代思想的故事，不必仅仅因为程颐称赞了胡瑗和孙复就从他们二人开始。正如刘子键所指出的，早在胡瑗和孙复被召至京师教学之前，11世纪30年代范仲淹和欧阳修在思想方面就是著名的。一个更大的问题是：道学这个视角在思考早期人物方

---

[1] 田著第12页。

面是否有用？例如钱穆注意到，早期宋代思想世界包含了教育家、诗人、历史学家、古典学者、理想家、活动家以及隐士。与后来道学的追随者相比，他们更多地致力于文学、政治改革和范围广泛的学术。对于宋代思想转变的研究者而言，如果要理解为什么这些兴趣受到挑战，为什么思想生活的中心转向道学的哲学与伦理关怀，我们就必须解释这些兴趣的原因。"[1]鉴于此：包弼德从《论语·子罕第九》孔子畏于匡时发出的感叹中抉出"斯文"一词，作为讨论的核心概念，他认为"斯文"或"文"在唐以前士人的思想价值观念里，扮演着极为重要的角色。从狭义上讲，它是指士人所信奉的古代圣人传下来的典籍传统；而广义上，则是保存在"六经"中的士人的行为规范，指导着士人的文章写作，从政修身的活动。初唐时期，"斯文"本身即被认作是价值观的基础以及源泉，随着社会的变迁，安史之乱后"文"的地位受到挑战，中唐以降至北宋中期，士人既主张要对价值观作独立的探索，力图重建

---

[1] 包著第33、34页。

"斯文"的权威地位乃至统一的价值标准,由此揭示了初唐宫廷学术、古文运动以及欧阳修、王安石、司马光、苏轼,乃至道学新文化运动兴起的思想转型轨迹。

葛兆光先生打破了以重要思想家(或称精英)划分章节的传统编写方法,对宋代思想的叙述共分四个小节:引言《理学诞生前夜的中国》;第一节《洛阳与汴梁:文化重心与政治重心的分离》;第二节《理学的延续:朱陆之辨及其周边》;第三节《国家与士绅双重支持下的文明扩张:宋代中国生活伦理同一性的确立》。显然,就叙述内容而言,葛先生仍在重复《宋元学案》的老路,把一部宋代思想史写成一部程朱理学发展史,与前述形成鲜明的对照。固然,葛先生要写他认为思想史中最重要的东西是理学,而不太注重当初发生和产生固有意义的其他思想,无可厚非,这是这部思想史追求的"个性"所在;但既然葛先生看重思想史属于历史而甚于思想史属于思想,就应当正视北宋思想史发展的实际"历史",葛先生的观点至少有二点值得商榷:

其一,葛先生用"政治实用主义""现实主义思潮"

一言蔽遮为复兴儒学而作出巨大贡献的范仲淹、欧阳修、王安石乃至苏轼的思想,并把当时这些主流思想家的思想作为非主流思想理学兴起的知识背景和思想背景,有失历史的公允和真实,或者至少是缺乏对北宋思想丰富性整体构架把握的一种反映。

其二,为了凸现理学思想的历史地位,虚构洛阳文化重心与汴梁政治重心分离的假象。虽然洛阳是九朝古都,入宋以后又成为陪都,有着悠久的历史文化积淀,自宋初以来士绅名流多于此聚会,宋神宗熙丰时期下野士大夫又多退居洛阳,且二程开创的洛学与荆公新学、苏氏蜀学形成宋学中的三个学派,但就此把洛阳视作文化重心,有违历史的实际。当时主盟文坛者,前有王安石,后有苏轼,他们都不在洛阳,而二程洛学又怎能与作为官学在儒家诸学派中独领风骚达五六十年之久的荆公新学相比?"熙宁以来,学者非王氏不宗。"[1]"北宋儒学主流其实是王安石所代表的新经学和司马光所代表的新史学。这是熙

---

[1] 汪藻:《浮溪集》卷十七《胡先生言行录序》;李华瑞:《南宋时期新学与理学的消长》,《史林》,2002年第2期。

宁、元祐党争的学术核心之所在，二程在其时并没有太大的社会影响力。"[1]更何况，宋代的文化重心自熙丰以后已渐趋完成由北方向南方的转移，这一看法为越来越多的学人所接受。所以称熙丰以后在洛阳形成了以象征着士大夫阶层的理想主义思潮的理学为主体的文化重心，显然是与史实不符的，是"用程颐的思想遗产在后世所处中心位置来解读11世纪"[2]的具体表现。

由上述引发一个思考：即在宋代思想史学界乃至宋史学界对突破以程朱理学为主体的宋代思想史旧框架，已渐次成为共识，但在中国思想史学界却仍然恪守着以理学代替宋学，以程朱哲学代替宋代思想的旧传统，这说明打破旧传统思想理路还是一件任重而道远的事情。

尽管《中国思想史》对宋代，特别是对北宋思想史的整体把握存在着一些明显的不足，但是该书在《国家与士绅双重支持下的文明扩张：宋代中国生活伦理同一性确立》一节中，浓彩描绘在宋代实际的历史生活中起

---

[1] 田著第3页。
[2] 包著第266页。

作用的那些一般的普通的知识和思想方面，确值得称道。作者说：由官方与士绅两方面，用严厉禁绝与教育劝诱两种手段共同推进文明扩张的过程从北宋到南宋的几百年间一直延续着，官方不断地发布诏令颁布法律、禁止淫祠、淫祀，禁止"夜聚晓散"的结社，禁止叫作"薅子"的溺婴旧俗，禁止赛神时用兵器作仪仗，禁止燃顶、炼臂、刺血、断指之类的宗教行为。宋代的士绅阶层常常是通过家规、家礼、族规、乡约之类的规定，通过童蒙读物的传播，甚至通过祭祀以及仪式中常常有的娱乐性戏曲、说唱，把上层人士的知识、思想与信仰，广泛地传递至民众之中，并且也在这种普遍的对于文明的认同中，赋予了仿佛代表着文明的秩序（国家）以合理性。因此在唐宋之间特别是宋代，出现了相当迅速而广泛的文明推进过程。文明从城市到乡村的扩张，道德与理性的生活秩序从上层向下层的渗透，社会规则从外在到内在的被认同，逐渐建构起来一套生活习俗，这可能既是宋代理学发生的土壤和背景，也是宋代理学作为士大夫认同的道德与伦理原则，渐渐由于制度化与世俗化而深入生活世界的结果。无论如何,这种文明的扩张,重新建构了宋以后中国生活伦理的同一性,它所造成的社会生活风景,使人看起来与唐代及唐代以前中国似乎有一个相当大的差异,也仿佛中国的社会、思想与文化真的出现了一个深刻的断裂。[1]

以上摘引葛先生所言,作为宋代社会史研究,已多见诸史端,但从思想观念进入社会生活的角度写思想史,此前似未曾有过。这体现了作者拓展思想史视野,在与历史的对话关系中,让思想显露存在意义的一种努力。另外,葛先生利用考古资料如墓室画像等印证文明扩张所带来的思想观念与社会生活的深刻变化:"似乎生活在中国的人们,都已经自觉不自觉地认同了这种以家庭、宗族关系为中心的,理智、克制、和睦的生活规则和社会秩序,以及维护这种规则和秩序的伦理道德观念,于是以汉族为主的中国文明的同一性,这才真的被建构起来。"[2]这也是在经典文献之外挖掘思想史解释资源的一种新路子。

提升欧阳修在思想史上的地位是突破以程朱理学为

---

[1] 葛著第 357、382、356 页。
[2] 葛著第 386 页。

思想史旧框架的又一个表现，欧阳修一向被称为史学家和文学家，像20世纪五六十年代由侯外庐等人编撰的大型《中国思想通史》第四卷和80年代以后由王蘧常主编的《中国历代思想家传记汇诠》,[1]均未将欧阳修列入思想史的视野，正如田浩先生引用刘子健先生的话所说："宋代后来学者就因他放荡的生活方式及其对较抽象哲学领域的漠视而贬低他在宋学奠基时期的作用。"[2]

漆侠先生和包弼德先生从古文运动对宋代思想产生巨大影响的角度，把欧阳修作为宋代儒学复兴的杰出代表写入思想史。漆侠先生在其遗著中辟专章论述"北宋初年文风、学风的巨大变革——欧阳修在宋学形成阶段中的先锋作用"。他在总结欧阳修的道路时说：（一）在北宋前期古文运动中，亦即在文风的变革中，他亲自履践，起了中流砥柱之类的作用。（二）在对经学的探索中，以大胆怀疑精神反对诸如河图洛书之类的怪妄谬说，并以谨严审

---

[1] 侯外庐著：《中国思想通史》第四卷，人民出版社，1959年；王蘧常著：《中国历代思想家传记汇诠》，复旦大学出版社，1988年。
[2] [美]田浩著，姜长苏译：《功利主义儒家陈亮对朱熹的挑战》，第25页。

慎的治学态度纠正了毛、郑二家的传笺谬注,以其义理之学取代了汉代的章句之学,对宋学的建立起了重要作用。(三)尤为重要的是在通经致用思想指导下,欧阳修把变革社会的政治实践放在第一位,多年来同以吕夷简为代表的守旧派官僚进行了不懈的斗争。……欧阳修的道路,实际上也就是庆历新政代表人物如范仲淹、韩琦、富弼、尹洙、三先生、李觏等人的共同道路。[1]

包弼德先生在讨论宋代思想时,许多侧重点都与漆侠先生不尽相同,但在提升欧阳修在思想史的地位时却殊途同归,不谋而合。他说:"从非常广义的角度来讲,我把北宋的思想文化看作是存在于古文中的一种张力的开展,这是一种存在于个人修养和社会政治责任之间的张力,它在唐代古文奠基者韩愈的文章里十分明显。我认为欧阳修是11世纪的一个核心人物,因为一方面他响应了范仲淹以激进的改制变革社会政治秩序的号召,一方面他坚持了一种观点,即将文化与道德作为个人创造的产物,通过这两方

---

[1] 漆著第215~216页。

面他充分地体现了这种张力。把欧阳修之后的两代人看作只是在这两者作非此即彼的选择，这虽然有失简单，但并非误导。王安石和司马光，作为那一时期出类拔萃的政治思想家和政治家，都致力于社会政治秩序问题，并得出了不同结论；下一代两位最了不起的知识分子，苏轼和程颐，转向个人的修养与创作问题，得出了完全相反的结论。"[1]

从以上的引述和申论中不难看出，几位论者的角度和论述重点不尽相同，但有一点都是共同的，即重新确立了北宋主流思想发展的主线索，即如漆侠先生和包弼德先生所言："宋学从创始阶段到发展阶段亦即从范仲淹到王安石，把学术探索同社会实践结合起来，力图在社会改革上表现经世致用之学。宋学之所以在北宋取得蓬勃发展，这是一个重要的原因。"[2]"古文之学以及古文作家充当政治与社会变革的鼓动者这一角色，奠定了11世纪宋代思想文化的基本议程"[3]。余英时先生在为《朱熹的思维

---

[1] 包著第5～6页。
[2] 漆著第6～7页。
[3] 包著第156页。

世界》作序时依据作者对南宋道学史的分期亦得出相应的看法:"北宋儒学主流其实是王安石所代表的新经学和司马光所代表的新史学。这是熙宁、元祐党争的学术核心所在,二程在其时没有太大的社会影响力。"[1]

三、程朱理学在南宋成为主流思想的历史原因

李泽厚先生在20世纪80年代初提出一个问题:在北宋有那么多科学材料和内容的宇宙论和科学观点,但宋代理学没有向实证的自然科学方向开展,却反而浓缩为内向的伦理心性之学。这究竟是什么原因?宋明理学由宇宙论转向为伦理学的这种逻辑结构的现实历史依据何在?这是李泽厚从以理学为主架构宋代思想史的角度提出的问题,对于这个问题他未做正面回答,只是推测说"这大概与北宋中期以来相当紧张的内忧外患和政治斗争(如变法斗争的严重性、持续性、反复性)密切相关,社会课题和民生凋敝在当时思想家头脑中占据了压倒一切的首要位置"[2]。

---

[1] 田著第3页。
[2] 李泽厚著:《中国古代思想史论》,人民出版社,1986年,第231页。

李泽厚先生提出的这个问题，实际上是宋代思想史上的关键问题，漆侠、田浩、包弼德诸位先生在他们的著作中也从不同的角度提出了类似的问题，并且均力图作出回答。

先看漆侠先生从三个方面回答宋学向理学演变和南宋初四十年间理学突然兴发的原因。（一）宋学之向理学的演变，亦即从务实、从与社会现实结合，向尚空谈、与社会现实脱节的演变，也是宋代社会经济演变的结果。南宋经济的发展同北宋经济的发展已经有所不同。这个不同表现在地主阶级的经济力量削弱了。中下层地主经济力量的削弱，径直地造成了他们在政治上不能形成一个有力的政治力量，从而不能像他们的前辈那样，表演出有声有色的庆历新政和熙宁新法。在宋代社会经济的变动下，南宋社会历史环境已经不能向理学和浙东事功之学这两个学派提供政治实践条件，让他们实现其"内圣外王之道"这一最高理想。这就是说，理学力主的与实践相脱节的内心反省工夫是这个学派的内在弱点，而客观历史环境则不给理学家、事功派学者们以政治实践机会，成为理学演变的客观原因。（二）适应了维护以宗法家长制为社会基础的封建等级秩序的政治需求。所谓三纲六纪，是作为封建统治的纲纪而提出的。二程理学则把三纲六纪之说推展到一个新阶段，使之更广泛，更加浅显，从而赋以新的理论意义。"天理于君臣、父子、兄弟、朋友、夫妇上求。"[1]三纲六纪这个伦理纲常，经过程氏兄弟的改造制作，含义丰富得多了，适应性亦更加强了，对劳动者、小百姓来说，更富有眩惑性了。"青出于蓝而胜于蓝"，二程伦理道德哲学超出了三纲六纪，宋学中任何一个学派在这一方面，尤其是从封建统治阶级需要来看，是全然无法与程学抗衡的。唯其如此，程学到宋理宗时终于成为官学，尤为重要的是，到元明清诸代，程朱系理学成为封建正统思想而居于主导的政治地位了。(三)南宋初反动统治对王安石变法和荆公之学的打击、压制，是从政治到学术上的一个粗暴干涉。而这一干涉，不言而喻给程学的发展以可乘之机。理学正是适应了南宋初年宋高宗卖国投降的反动统治的需要，与最高统治者的政治权力迅速结合，从而成为学

---

[1]《河南程氏外书》卷一二。

术上的暴发户。当时的社会历史环境，为理学的发展提供了有利条件。[1]

田浩亦从四个方面解释道学为什么能在1241年获得国家与学术思想的正统地位。（一）北南宋之交金人入侵引发的政治和文化危机，使北宋后期六十年占主导地位的意识形态——王安石新经学遭到怀疑，"外族入侵占领中原对宋代学者来说意味着中国的某些根本性的做法是错误的。正如胡宏的评论'中原无中原之道，然后夷狄入中原也；中原复行中原之道，则夷狄归其地矣'"。金人割断朝廷命脉引起了学者的恐慌并使他们转向内心寻求原因。他们认为以精神修养重振儒家的正道、复兴道德意识，是将政治、文化与社会导向正途的不二法门。（二）南宋中央政权控制地方的能力削弱，不能直接介入地方事务、监督宗教与文化团体，所以道学的发展比北宋末年少受官方的控制。（三）南宋士人的人数众多，也提供了潜在的道学成员。士人阶层的规模随着经济繁荣、书籍印刷与教育

---

[1]漆著第47～49、521～528、528～531页。

的发展而不断扩大,使仕途也日益壅塞,愈来愈多的文人学士竞争日益减少的科举配额。落榜的考生更多,更加难以达成以政府职位维系家族社会地位的目标。根据最近学者的猜测,宋朝士人见到仕途暗淡时,道学变得更有吸引力,主要因为道学强调道德修养,可以为社会的精英地位基础提供正当的理由。关于这一方面,包弼德先生有专门的论述。(四)道学自身的哲学思想是道学能够成功的重要因素。道学家能够对一些基本观念达成共识,无疑是他们能够团结的重要因素。这些因素背后有一个共同的关怀:如何界定与建立道学的传统。[1]

包弼德在其著作的第九章《程颐和道学新文化》中,专门讨论"为什么道学成为一场运动,程颐的哲学最初不过是11世纪后半期价值观寻求的几条道路之一。我们应该如何解释这样一个事实,越来越多的士人选择了这条道路之一"。他认为"对唐宋思想和社会转变的描述,可以提供一个观察道学的视角,即把道学作为士人社会内部的

---

[1] [美] 田浩著,姜长苏译:《功利主义儒家陈亮对朱熹的挑战》,第38～39页;田著第302～304页。

运动,这个视角不是由道学运动本身内在的历史所提供"。他认为这是回答上述问题的有效途径,这个途径依据的基础是唐宋的社会 – 思想历史提供的两个相关故事:第一个是思想的描述。从初唐朝廷学术的文化性、综合性道路,到 8 至 11 世纪文士(Literary Intellectual)寻求上古之文中的圣人之道,到道学运动中对道德自我的修养。第二是社会的变化,即"学"作为士的一种活动,最终在实践中成为士确定其身份最主要的尺度,就像学者们一直认为它应该如此一样。而这两个故事变化的具体轨迹是:在中唐以前确定士人身份的尺度有三个:家世、仕历和学,初唐时士仍然把出身作为最重要的身份标志,尽管仕历已被士人越来越看重;从中唐到北宋特别是晚唐五代宣告门阀制度终结,仕历和学成为确定士的身份标志。但宋朝政府通过科举制使大多数的士人在获得职位以后,不能使自己的家族代代为官,这就意味着 11 世纪末维持士人地位的两个尺度——家族门第和某种形式的为官——对大多数士人已不再适用。这样,那些士人家族的子孙和希望成为精英的人,只有一条道路来确保他们的精英地位,这就是

"学",那么"学"何以能够吸引士人呢?包弼德继续解释说:"我们猜想通过解释为什么自我修养和伦理行为具有真正和首要的价值,它把士人的注意力从政府和那些只有通过政府才能起作用的转变社会的观念中转移开,简单地讲,世俗上的成败对为学能否有成已经无关紧要,那些加入学道行列的人得知,他们是所有可能成为士的人当中最优秀的,只有他们才有真正的价值,因为他们在成圣的道路上。亦即,道学不只是一个成为士的手段,它让人成为一个好的'士'。"[1]对包弼德的猜测,田浩先生以为"对那些无法通过科举考试而绝意仕途的无数芸芸众生,这项解释当然很可能成立"[2]。

同时,包弼德指出北宋时期社会变革的失败为南宋士人选择道学提供了历史的借鉴,从而有利于道学在南宋的发展,"南宋的士大夫可以反思北宋,并且得出结论说,他们的前辈是试图把世界变得更好,他们信赖文学,在科举中以取士、统治国家,并试图通过道德严肃的写

---

[1] 包著第 343～347 页。
[2] 田著第 302～303 页。

作来改造人。随后他们试图通过政府来完善制度、改造社会。这些无一收效。但是德行尚未尝试,尽管有人提到它的重要性"[1]。

四、个人思想倾向与特色

余英时先生为田浩先生《朱熹的思维世界》中译本所写的序言中曾提到是书所流露的思想倾向,"作者是20世纪的美国史学家,他自己的文化价值自然偏向于多元、宽容,而不能接受学术思想之定于一尊。但是作者治史则尊重客观,不以一己的好恶进退古人。现在作者写南宋道学史,最后发布归结到程朱成为钦定的道学正统,他自己的价值取向和他所处理的历史事实之间恰恰发生了直接的冲突。我相信作者在材料的取舍和组织方面必不免因此而大费斟酌。本书不列朱熹为专章,而每一章都有朱熹,其原因之一也许便是要避开道学正统问题的困扰。这样的处理方式若在哲学史论述中自有商榷的余地,但在以呈现

---

[1] 包著第355页。

南宋思维世界为主体的思想史研究中,却不失为别开生面。作者对朱熹的历史地位的尊重是无可置疑的,但是他自己的价值取向则在有意无意之间阻止了他把朱熹推向道学正统的位置。在南宋时代,朱熹代表了道学中的主流,这是无可否认,也不必否认的历史事实,本书充分地揭示了这一客观的事实,但正统则是权力结构的产物,这是作者所不肯认同的。承认主流而不认同正统,作者的自由主义的立场在这里表现得十分明朗。

"在作者所处理的几位南宋儒学大师中,我发现他对于吕祖谦最具有同情的了解。这可能是由于吕祖谦代表了宽容、开放和多元的一种儒家典型。……更有趣的是作者特别引了吕祖谦'善未易明,理未易察'的话来证明他的'包容倾向',但是作者似乎并不知道这句名言是中国自由主义者胡适曾经大力宣扬过的。作者和胡适不谋而合,特别欣赏这句话,正因为他们的价值取向基本是相近的。"[1]

笔者不厌其烦地大段征引余英时先生的序言,主要

---

[1]田著第4～5页。

是基于这段文字写得很好，十分准确地传递了作者著书的思想特点，故无须笔者赘言。由余先生这篇序联想到包弼德先生著作所表现出的思想倾向，甚觉有其相似之处，对能够体现多元、宽容和个性自由的思想家似多一些同情和偏爱，如韩愈、范仲淹、欧阳修、苏轼，尤其是对苏轼最具同情的了解。苏轼的作品和思想较贴近平民，多人文关怀，喜怒笑骂皆成文章，深受宋以后中国人的喜爱。而包弼德对苏轼的同情的了解，可能源于两方面的原因，一则是他本人对苏轼及苏门有专门研究，并由此引发他对11、12世纪宋代思想文化的研究，再由此上溯是7世纪的唐代，最终完成了这部有关唐宋思想转型的著作。可以说苏轼是他这部著作的研究起点，因而对苏轼的思想多一份了解和偏爱也是可以理解的。但更主要的原因恐怕还是苏轼思想中的某些成分与其所固有的美国文化价值观相近有关，就像他用的章节标题："苏轼的道：尽个性而求整体"，强调苏轼远离政治理想家和道德哲学家，在政治上讲求包容和宽容，反对强迫社会服从的独裁政府，主张个性自由:即"对价值的理解以文化和个性为中介"。[1]而在文化发展上主张开放和多元:"苏轼既不是一个道德家,也不是一个制度的改造者,他在关于《中庸》的文章中设计了一条朝向统一的路线,这条路线与他赋予人类性格的基本的多元主义是一致的。"[2]"苏轼维护文化事业在士人世界中的有效性(validity)。他看到不断积累的文化传统对价值观思考的重要性,并且相信文学以及艺术,为个人提供了培养自己有能力尽责行事的方法。苏轼没有把文章降低为道德观的载体;相反他使之成为学的一个方面,作为一个联系物我利益的普遍过程,这就使文化的多样性成为人类整体(human unity)的象征。然而我认为,苏轼是宋代在思想生活和文学事业中都占有核心位置的最后一位伟大人物。"[3]这段评语实际上是以美国文化价值观重新诠释苏轼的思想。也由于价值观偏向于多元、宽容,因而对于12世纪兴起的并追求定于一尊或片面权威的道学

---

[1] 包著第313页。
[2] 包著第283页。
[3] 包著第311～312页。

新文化表示了某种程度的批评:"他们宣称自己肩负斯文,但在这样做的过程中,他们又改变了斯文的面貌。像初唐的学者一样,他们所构想的文化传统最终以天地为基础,但现在要通过他们自己的心来沟通,与初唐时期相比,它是一个更狭隘的传统。他们没必要综合已有的传统,他们只挑选一些片段,认为这些片段是通向圣人之心与理最好的途径,而且他们向别人解释这些手段。"[1]这段话表明作者认为12世纪的程朱道学新文化不是11世纪具有宽容、包容、开放和多元思想倾向的主流文化的继续,它所继承和发展的只是主流文化中甚为狭隘的片段。

漆侠先生最同情荆公新学,把荆公新学视作宋学发展的高峰和极具活力的象征,而对于理学特别是进入南宋以后的程朱理学基本持否定意见,斥其为空疏之学。这一方面源于漆侠先生在五十多年的学术生涯中与王安石及其变法研究结下了不解之缘;[2]另一方面基于漆先生

---

[1] 包著第353～354页。
[2] 李华瑞,郭志安:《评邓广铭、漆侠五十年对王安石及其变法的研究》,《河北学刊》2003年3期。

在思想方法上遵奉马克思主义的经济决定论和阶级斗争学说，遵奉社会存在决定社会意识这个唯物史观的基本信条，特别强调思想斗争，他说："哲学史、思想史的研究，静态研究是必要的，但不是唯一的，似应放在社会生活、政治生活中去探索。这是因为哲学史或思想史是思想斗争史、思想更替史，只有放在社会经济生活、政治生活中，从动态中更容易看到这个时代思想的风貌。"[1]这一点与包弼德的思想方法有很大的不同，包弼德说："尽管我知道在社会、政治和思想的发展之间有密切的联系，我不认为社会利益决定观念，或者观念决定社会利益。"[2]正是由于这种思想方法的差异，他们对思想史的认识和价值取向就不尽相同，因而包弼德在讨论唐宋思想转型时主要关注士学价值观的关联与变化的意义和影响，而漆侠先生则更关注社会实践及其政治斗争、阶级关系在思想史中的意义和作用。

---

[1] 漆著第340页。
[2] 包著第38页。